風野真知雄

# 月の光のために

## 大奥同心・村雨広の純心 新装版

実業之日本社



実業之日本社文庫

目次

村雨　広　大奥同心。新井白石の家来。新当流剣術の達人。

桑山喜三太　大奥同心。間部家中。弓矢の名手。

志田小一郎　大奥同心。広敷伊賀者で絵島の配下。忍びの術の遣い手。

徳川吉宗　紀州藩主。

川村幸右衛門　紀州の忍者集団・川村一族の長。

川村白兵衛　夢想剣を遣う忍者。幸右衛門の甥。

村垣の鮫吉　水の中に潜む忍者。

釈迦ケ岳の不動坊　山伏姿の忍者。からくりを遣う。

蝶　丸（お蝶）　忍者。美男でもあり美女でもある。

川村左京　幸右衛門の末の子。

主な登場人物
『月の光のために 大奥同心・村雨広の純心』

新井白石　六代将軍家宣時代から幕政刷新に大ナタをふるう政治家・学者。
西野十郎兵衛　新井家の用人。
綾　乃　十郎兵衛の娘。
月光院（お喜世の方）　家宣の側室、七代将軍家継の母。かつて村雨と幼なじみのお輝。
徳川家継　七代将軍。
天英院　家宣の正室。
絵　島　大奥の女中をつかさどる年寄。
間部詮房　側用人。
井上河内守正岑　老中。

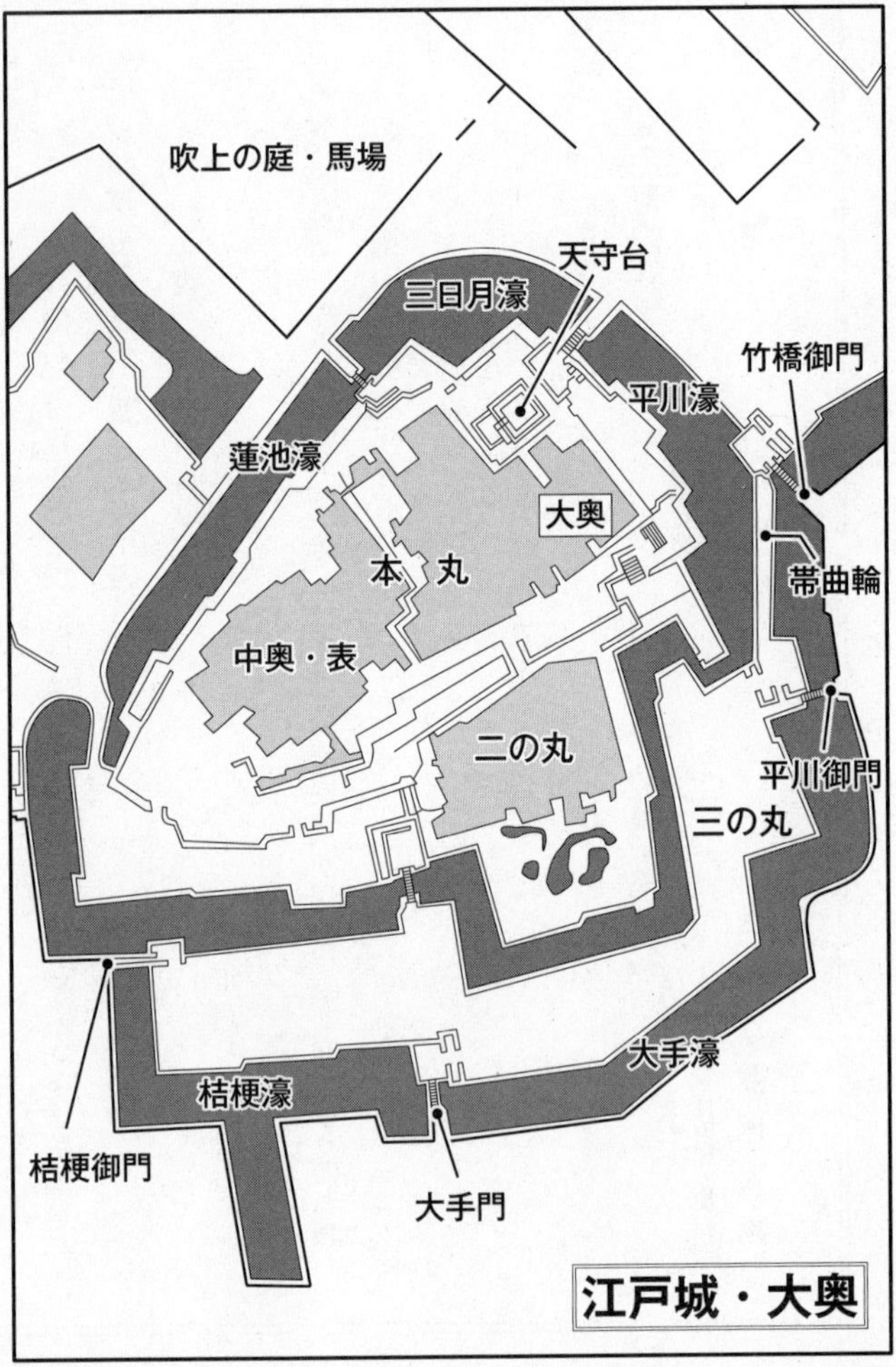

吹上の庭・馬場
天守台
三日月濠
竹橋御門
平川濠
蓮池濠
大奥
本丸
帯曲輪
中奥・表
二の丸
平川御門
三の丸
大手濠
桔梗濠
桔梗御門
大手門
江戸城・大奥

# 序章　四人

意地の悪さを思わせるほど、険しい山道である。

そこを馬で駆け上がる二人の武士がいた。

ときおり道が狭くなり、断崖絶壁を進まされる。

ちょっと馬がよろけようものなら、谷底へまっしぐらである。

雪はほとんど溶けた。春はすぐそこまで来ているが、山の気はまだ冷たい。そこに馬が息をもうもうと、湯気のように噴《ふ》き出している。

また、前を行くほうがやたらと大男なのである。馬も滅多にないほど馬格があるが、この男をのせていてはさすがに苦しそうである。

替え馬を二頭連れてきているが、そうしなければ馬がかわいそうだろう。

その大柄な男に向かって、

「殿、まだでございますか」

と、後ろの男が訊《き》いた。こちらはまた、ずいぶんと小柄である。

「もうすぐだ。爺《じい》、疲れたか？」

「正直申しまして、いささか」

「それでは戦《いくさ》はできまい」

と、大柄な男は笑った。

鷹《たか》狩りの途中で抜け出して来た。いまごろは家臣たちが大騒ぎだろう。もっともこんなことはよくある。いわゆるお殿さまと違って、家臣の言うままにおとなしくしているなどということは絶対にない。

道がふいに広がった。

頂上近くの台地に出たのだ。

「着いたぞ、爺」

男は馬を降り、大地の端まで歩いた。

「おお、いい景色ですな」

そう言って、爺も隣に並んだ。

手前の山並みの向こうに海が見えた。

熊野灘《くまのなだ》である。

和歌山《わかやま》城から見る海と違って、遠くまで青が澄《す》み切っている。

しばらく景色に見入っていたが、

「やつらはまだのようですな、殿」

と、爺が言った。

「そうじゃな」

「しかし、このようなところで待ち合わせなどなさいますと、もしもあの者たちが寝返りでもしたら、ここで一巻の終わりでございますな」

「あっはっは。そうじゃな。だが、わしはあの者たちの手助けがなければ、将軍にはなれぬ。それどころか、ここまで来ることができたのも、あの者たちのおかげではないか」

「それはそうなのですが」

「かつて、服部半蔵《はっとりはんぞう》が伊賀者《いがもの》をひきいて、家康《いえやす》公の天下取りに力を尽くした。また、柳生石舟斎《やぎゅうせきしゅうさい》の柳生一族も、徳川幕府の安泰に力を尽くした。同じように、わしは川村幸右衛門《かわむらこうえもん》がひきいる川村一族の力を借りて、将軍の座に就《つ》き、まつりごとの乱れを正すつもりなのじゃ」

と、大柄な男は言った。

紀州《きしゅう》を治める徳川吉宗《よしむね》である。

数年前まで、紀州藩主の目もなかった。それが、兄たちの相次ぐ死によって藩主の座に就いた。

また、尾張《おわり》などでも若殿たちの死がつづいている。

おかげで、次代の将軍を狙《ねら》える人物ということで、にわかに着目され始めているのである。

徳川吉宗が、紀州山中のいくつかの集落に分かれて暮らしていた川村一族と知り合ったのは、まだ若いころだった。

詳しい出自《しゅつじ》は吉宗も知らない。

どうやら甲賀《こうが》忍者の一部が流れてきて、熊野の行者たちと混じり合い、特異な能力を持つ集団が形成されてきたらしい。

中心にいるのは川村の姓を持つ一族だが、この縁戚に明楽《あけら》、村垣《むらがき》、倉地《くらち》などの姓を持つ家もある。

この数年のうちに、それらの家の長《おさ》を、鉄砲の玉薬《たまぐすり》を込める役目の者、薬込役として身近に置くようにしてきた。

だが、本当に特異な能力を持つ者はまだ、吉宗にさえ挨拶《あいさつ》することなく、川村幸右衛門の配下として隠密裏《り》に動くようになっている。

「あの者たちのおかげで……」

と言ったが、吉宗も本心でそう思っていた。

吉宗の言葉が途切れたとき、

「遅くなりまして」

と、声がした。

振り向いた爺が、おどろいた。

いつ、どこから現われたのか……。

五人の男たちが並んでひざまずいているではないか。

「遅くなったなどということはあるまい。わしらが来るのを見ていたのであろう」

吉宗はにやりと笑った。

「恐れ入ります」

と、何食わぬ顔でうなずいたのが、吉宗が名を出した川村幸右衛門である。

歳《とし》のころは七十をいくつか出たくらいか。

しかし、それは髪の薄さと顔の皺《しわ》からくる印象で、身体《からだ》つきなどは壮年といったほうがふさわしい。

「また、そなたたちに動いてもらう。今回、わしのために動いてくれるのは誰じゃ？」

「こたびは江戸の仕事だそうで？」

「うむ。しかも、これまででもっとも難しい仕事になるであろう」

「はい。そこまではうかがっておりましたので、これなる四人を選びました」

と、川村幸右衛門は自分の右手にいる四人を見た。

「まず、手前から。わたしの甥《おい》っ子に当たります。熊野山中にこもっていたのを呼び寄せました。川村白兵衛《しろべえ》。夢想剣《むそうけん》という不思議な剣を遣《つか》いまする」

「夢想剣とな？」

吉宗は剣にも自信がある。ひどく興味を持ったらしい顔になった。

「白兵衛。ご説明せよ」

と、幸右衛門は甥っ子を見た。

歳は三十をいくつか出たのか、背が高く、六尺（約百八十二センチ）近い。痩《や》せてはいるが、さすがにひよわな感じはない。ただ、年寄りのそこひのように目が白く濁っていた。

「はい。夢か幻《まぼろし》かと疑うほどに流麗な剣だというのですが、それを間近に見た者はすでにこの世にはおりませぬ。わたし自身も、夢の中に入ってしまいますので、いま、訊かれても困ってしまうのです」

と、照れたように言った。

「ううむ」

吉宗にもさっぱりわからない。

夢のような剣。戦ってみたい気もする。

「さて、次は、親族である村垣の家から来てもらいました」

「村垣というと、海の民《たみ》ではなかったか？」

と、吉宗は訊いた。

「さようにございます。ただ、この村垣の鮫吉《さめきち》という男は、海の民というよりは、水の申し子と呼んだほうがよいかもしれませぬ。ほとんど、水の中で生きてきました。いまも夜は水の上で寝ます」

「嘘であろう」

吉宗は思わず笑った。

すると、鮫吉は、

「水の中にひそみ、水の中に引きずり込みます」

にこりともせず言った。

「うむ。それは、恐《こわ》そうじゃな」

吉宗の顔がひきつった。

「お殿さま。江戸の城にはお濠《ほり》は？」

「むろん、ある。湧水もふんだんに出ている。いい水らしい」

「それは嬉《うれ》しゅうございます」

と、鮫吉は頭を下げた。

「さて、次なる者は、倉地の家につながる者で、釈迦《しゃか》ケ岳《だけ》の不動坊《ふどうぼう》にございます」

川村幸右衛門は三番目の男に手を向けた。

山伏《やまぶし》の姿である。つづらを背負っている。

「さまざまなからくりを使った仕事をいたしまする。とくにこの者が操るさまざまな人形は、まるで本物のようだと言われるほどです」

「ほう。背中に何かいるな？」

と、吉宗は気味が悪そうに訊いた。

つづらの中でかたこと動く気配があるのだ。

見てみたいが、嫌悪のほうがまさった。

「はい。これもわたしどものために働くもの」

不動坊は嬉しそうに笑った。

おそらく、からくり人形あたりに違いなかった。

「最後にひかえるのが明楽の家の者で……」

川村幸右衛門がいちばん端の者を見た。

男か女かわからない。

着物はいちおう男のように着ている。だが、胸のあたりにはふくらみも感じられる。

「蝶丸《ちょうまる》にございます」

と、自分で名乗った。声は少しかすれていて、男とも女とも取れる声音《こわね》である。

男といえば、惚《ほ》れ惚《ぼ》れするような美男である。

これが女になれば、絶世の美女となるだろう。

「そ、そなたは……」

吉宗が気後《きおく》れしている。

そもそも吉宗は、美女が苦手である。お手つきとなるのも、体格に恵まれた土臭い女がほとんどである。

「どんな技を遣う?」

吉宗は目を逸《そ》らしながら訊いた。

「とくには」

と、蝶丸は答えた。

「とくにはということはあるまい」

吉宗がいくらかむっとしたように言うと、

「この者の色香に、男も女も惑います。戦うという気力はなくし、秘密というものがなくなります。それ以上に優《すぐ》れた技というのはありますでしょうか?」

と、川村幸右衛門が訊いた。

「なるほど。確かに」

吉宗はうなずいた。

頬がぽっと赤くなっているようにも見える。

それから吉宗は一つ大きく息をして、

「一足先に、江戸に行ってもらう」

と、言った。

「では、われら四人、さっそくに」

川村白兵衛が、ほかの三人にうなずきかけて立ち上がった。

「うむ。上屋敷を勝手に使ってくれてかまわぬ」

紀伊藩の上屋敷は、内濠《ぼり》と外濠のあいだ、赤坂《あかさか》門のすぐ近くにある。

その上屋敷を使わせるというのは、一族に対する信頼を示していると言ってもいいだろう。

「ありがたきご配慮であるぞ」

「わしもまもなく参ることになろう。江戸詰めとなって、そなたたちの動きも直接見せてもらう」

「それは光栄にございます」

白兵衛が答え、四人は辞儀《じぎ》をし、踵《きびす》を返すと、たちまち視界から消えて行った。

# 第一章　再会

## 一

「遠慮なく」

　三人を見渡して、村雨広《むらさめひろむ》は言った。

「本当に三人が一度にかかってよいのだな」

と、うちの一人が訊いた。頬のあたりにアマガエルがはりついたようなふざけた笑みがある。

　ほかの二人には、憤然とした調子もうかがえる。我らを舐《な》めているのか――という思いであろう。

「もちろん。遠慮などしていると、稽古《けいこ》になりませぬぞ」

村雨広はのんびりした調子で言った。

三人とも、やわな男たちではない。むしろ、屈強と言えるほどの身体つきをしている。

「よし、では、そうしよう」

三人はうなずきかわし、村雨広を三角のかたちに囲んだ。

持っているのは真剣ではない。竹の棒である。

村雨としては、せめて木刀でやりたいところだが、木刀だと怪我《けが》もひどくなる。中途半端な恐れが出る。

真剣と思ってやるなら、むしろこっちのほうがいいのかもしれない。

屋敷の中で、いま、家中の者四人に稽古をつけている。

こちらの三人は、村雨に習いたくないので、外の道場に通っていた。習いたくないわけは、流派が気に入らないからだという。

村雨広の剣は新当流《しんとうりゅう》である。

流祖は塚原卜伝《つかはらぼくでん》。知れば知るほど不思議な剣である。

弟子が書いたという剣法書がある。卜伝と弟子が別々に書いたものをいっしょにしたものだという。

この二人の言うことがかなり違う。

そのため、偽書《ぎしょ》ではないかと疑う者が多い。

村雨広は偽書とは思わない。おそらく、この剣には定型というものがないのだ。

有名な〈一つの太刀《たち》〉と呼ばれる剣がある。

これは秘伝であるから、もちろん書いていない。想像もつかない。

もう一つ〈笠《かさ》の下〉という剣もある。

こちらもわからない。

さらにべつの秘剣もある。

これは村雨がもう十年以上、取り組んでいるが、いまだに会得《えとく》できない。

卜伝の剣は、そういうものなのだろう。

変幻自在。

あるときはそれが最良であるが、ほんのわずかに状況が変われば最悪となる。

その状況というのはきわめて繊細な違いで区別され、そんなものを剣法書にいちいち詳しく書き記《しる》したらきりがない。

だから、そっけない。繊細なくせに、そっけない。

そのくせ、愚直なときもある。愚直を装うときもある。

おそらく、流祖の人柄がそのままに反映された剣。

「時代遅れ」

と、呼ぶ者もいる。この三人もそう言った。もっと、明晰《めいせき》な剣でないと、これからは学ぶ者はいないと。

そうかもしれない。塚原卜伝は、明晰ではなく、混沌をめざした。

廃《すた》れるかもしれない。卜伝は、それでもいいと思ったのではないか。

だが、村雨広は、卜伝の剣を学んだことは、少なくとも自分には有意義だったと思っている。

いまから、そのことを知らしめてやるつもりである。

二

「たあっ」

最初に後ろで掛け声がした。

踏み込んでくる音もした。

誘いではない。

「うぉーっ」

と、村雨はすばやく身体を回転させた。

回りながら、三人の立ち位置を確かめている。

同時に握った竹の棒で、打ち込んできた竹の棒を渾身《こんしん》の力で払い、そのまま次の相手に向かった。

竹の棒は手元に引き寄せたりせず、流れるままである。

身体を沈めるようにして、二人目の手元を打った。

ぴしっ。

と、音がして、相手は竹の棒を落とした。

村雨広はまだ回っている。

三人目は沈み込んだまま、手を思い切り伸ばして脛《すね》を打った。

こつっ。

硬《かた》いものに当たった音。

「ううっ」

三人目が、棚から落ちたダルマのように地面に転がった。

打たれた脛を押さえている。

村雨広は回転したまま、いちばん最初の男のところにもどったときは、跳躍した。

最初の男は、剣を強く払われ、手を痺《しび》れさせたまま、横に飛んでいた。

もう一度、打っていこうとするより早く、村雨が一回りして、宙《ちゅう》から肩を打った。真剣であったら、袈裟《けさ》がけというやつ。

「ああっ」

じっさい、打たれたほうは、肩から血が噴き出したように錯覚したのか、竹の棒を放り、両の手のひらを肩口に当てるようにしながら昏倒《こんとう》した。

二人目はすぐさま、落とした竹の棒を拾おうとしていたが、そのわき腹を、ずん。

と、突いた。真剣なら、刃の三分の一ほど、めり込んだであろう。

軽くえぐれば、内臓の血の道を断つ。傷口は小さくても、これで致命傷となる。

脛を抱きかかえるようにして地面をのたうち回っていた三人目には、竹の棒を軽く首筋に当てた。

真剣であれば、相手が隠そうとしている話を、ぜんぶ吐き出させることができる。

「どうかな」

と、村雨広が訊いた。

「ううっ」

痛みで声も出ないらしい。

「まだ、やるかな」

「参った、参った」

首を左右に振った。

「気を悪くしたら、謝る」

と、腹を突いた男が、呻《うめ》きながら言った。

「気など悪くしておらぬ」

「わしらもそなたから剣を習う」

と、肩を打った男が言った。

「いや、そんなこともしなくていい」

村雨広は笑った。

道場からもどって来た三人が、退屈しのぎみたいに、

「新当流は強いのか？」

と、からかう調子で訊いてきたため、相手をしただけである。

それに、この家に厄介《やっかい》になってほぼ半年。そろそろ、辞して旅に出ようと思っている。

流祖塚原卜伝が、生涯の多くを旅に費《つい》やしたように。

村雨広も、浮雲のように暮らしたい。

三

そのとき――。

屋敷の中から、

「村雨」

と、呼ぶ声がした。この屋敷のあるじの声である。

「はっ、ここに」

村雨広は縁側の前にかしこまって、あるじが現われるのを待った。

「おう、稽古中であったか」

あるじの新井白石《あらいはくせき》である。

白石はいま、幕府の中枢にいる。先代の将軍家宣《いえのぶ》の信頼が厚く、幕政刷新《さっしん》に大ナタをふるってきた。

その信念の苛烈《かれつ》さと押しの強さから、周囲から、

「鬼」

と、呼ばれて恐れられてきた。

しかし、私欲はない。

のちの世からも、年号に重ねて〈正徳《しょうとく》の治《ち》〉と、善政を称《たた》えられた。

いま、五十半《なか》ば。官僚としても、脂《あぶら》がのっている。

村雨広は、半年前、白石が暴漢に襲われたところに行き合った。

それが白石に仕《つか》えるきっかけになった。

というと、誰もが村雨が剣をふるって、白石の危難を救ったのだろうと推測する。

それは、まったく違う。

両国橋《りょうごくばし》の上で起きたできごとだった。

村雨広は、その場に行き合わせたが、ほとんど無視して橋の欄干《らんかん》にもたれ、空

の雲を見ていたのである。

騒ぎが終わって、白石は駕籠《かご》から降り、村雨のところにやって来て、

「そなた、わしを助けようともしなかったな?」

と、なじった。

「はあ。事情がまったくわからないので、余計なことはしないほうがいいだろうと思いましてな」

悪びれたふうもなく言った。

「余計なこと?」

「ええ。もしかしたら、あなたは斬られるにふさわしいやつで、止めてしまうと、世の中に苦しみを増やすかもしれない」

「ほう。なるほど」

白石は面白《おもしろ》そうにうなずいた。

「それに、暴漢は二人だが、あなたの駕籠は五人が守っていた。そのうちの二人はなかなか遣えそうだった」

「うむ」

「暴漢のほうも、べらべら大声でしゃべっていたが、なかなか斬り込めない。酒

で景気でもつけてくればよかったのに、そういうこともしなかったのでしょうな。おそらく、しばらく喚《わめ》いたら、逃げ出すだろうと思いました」

と、村雨広は言った。

じっさいは、駆けつけた町方が橋の両脇から迫ったため、二人は観念し、捕縛されてしまったのだが。

「ちらりとしか見なかったようだが、そなた、そこまで見抜いていたのか」

と、白石は感心した。

「見抜いたというほどのことは」

「幕臣ではあるまい？」

どう見ても旗本や御家人には見えないのに、そう訊いたのは気を使ってくれたのかもしれない。

「浪人です」

それも、全国を行脚《あんぎゃ》していて、江戸に住まいさえ持っていない。

「剣は？」

「むやみに戦うのは好みませぬが、たぶん、かなり強いのではないでしょうか」

「気に入った」

新井白石は大きな声で言った。

それから、用人《ようにん》の西野《にしの》が話を詰めるように言われ、白石の護衛役の一人として家臣に加わることになったのである。

このとき、もし腹がいっぱいだったら、申し出はたぶん断わっていただろう。

ただ、白石の率直な態度に、人間として好感を覚えたのは事実だった。

四

護衛役にはなったが、白石とはいえ、そうのべつ暴漢などに襲われるわけでもない。しかも、城との往復のときは、昔からの家臣たちが付き添う。

そんなわけで、村雨はたまに白石が市中を歩くときに付き添う以外は、屋敷の若い武士たちに剣術の稽古をつけるくらいしか、することもなかったのである。

その白石が、縁側に立って、

「稽古どころではない」

と、声を落とした。

いつも、仕事に懸命だが、こうした切羽《せっぱ》詰まった顔はあまり見ない。そういえば、今朝も千代田《ちよだ》のお城に出て行ったが、こんなに早くもどるのはめずらしい。

「いよいよ、そなたの腕を頼りにするときがきた」

「腕を？」

白石は、村雨のじっさいの腕など見ていないはずである。

「そなたの腕の凄《すご》さは、ほかの家来から聞いている。塚原卜伝の再来だと言っていた」

「それは大げさです」

村雨は謙遜ではなく言った。

塚原卜伝とじっさいに会ったことはない。なにせ、百五十年も前の人物である。

だが、自分などは、のちの世に名を伝えられるような剣客にはなれるわけがないと思っている。

「まずは、いっしょに城に来てくれ。至急、何人かに会ってもらう」

そう言って白石はすぐ、玄関に向かおうとする。

「城に……」

村雨広は新井家の家来、いわゆる陪臣《ばいしん》である。お城の中になど入ったことがない。

ああいうところには裃《かみしも》姿にならないと入れないのではないか。

「御前《ごぜん》、この恰好《かっこう》でよろしいのですか？」

「かまわぬ。早くせよ」

「はっ」

あわてて庭のほうから玄関口へ向かった。

駕籠には乗らず、早足で歩きながら、

「新しい職務をつくる」

と、新井白石は言った。

「新しいとおっしゃいますと？」

「大奥の仕事だ……」

小川町《おがわまち》の屋敷から城へ向かって歩きながら、白石はこれから村雨広が就く仕事について、ざっと説明した。

「月光院《げっこういん》さまのために働いてもらう」

白石はまず、そう言った。

月光院とは、将軍（正式に宣下《せんげ》するのはこの年の四月）家継《いえつぐ》の実母である。

去年――すなわち、正徳二年（一七一二）の十月、六代将軍家宣が五十一歳で亡《な》くなった。将軍になったとき、すでに四十八歳になっていたため、在位はわずか三年半しかなかった。

だが、この三年半のあいだ、家宣は新井白石を重用し、さまざまな改革を実践した。

家宣のあとを継いで七代将軍となったのが家継であるが、しかし、このとき家継はわずか数え年で四歳であった。

このため、家継の母・お喜世《きよ》の方は、月光院と名乗り、大奥にとどまったのである。

五

「家宣さまはその善政ゆえ、逆に憎まれもした」

「はい」

「まつりごとの周辺にいる者は、善政を期待しはしない。むしろ、それは好ましくない事態でもある。私腹を肥《こ》やすことができないのだからな」

と、白石は顔をしかめた。

「そうでしょうね」

「しかも、家宣さまは病弱だったため、すでに次の代も狙われた」

「と、おっしゃいますと？」

「幼君が即位ということになれば、側用人《そばようにん》である間部詮房《まなべあきふさ》さまの地位はますます高くなる。そこでいちばん期待されるのは夭折《ようせつ》」

「なんと」

「すると、八代目は宙に浮く。魑魅魍魎《ちみもうりょう》が跋扈《ばっこ》しはじめるのよ」

「ううむ」

「家宣さまご存命のころから、大奥にはさまざまな陰謀が仕掛けられつつあったのだ」

「はい」

それは薄々聞いてはいた。

家宣は流行《はや》り風邪にかかって亡くなったと言われているが、もしかしたら、毒殺だったのではないか――そんな噂《うわさ》も巷《ちまた》には流れている。

「もっとも脅威に感じているのが、月光院さまと、年寄《としより》の絵島《えじま》さまだ」

年寄というのは、本当に老婆なわけではなく、大奥《おおおく》の女中たちをつかさどる役目のことだという。

「陰謀は外で練《ね》られ、大奥に入り込んで来る。中の防備だけを固めても、防ぎ切れるわけはない」

「まさに」

と、村雨広もうなずいた。

どちらが考えたのかはわからないが、それは賢明な判断である。

「そこで、月光院さまと絵島さまは、大奥のために江戸城の内で働いてくれる役目の者を置いてくれるよう、側用人の間部詮房さまに頼んだ。それが昨夜のこと。間部さまはすぐ、わたしに相談にやって来た」

「ははあ」

話は見えてきた。

「わたしは、月光院さまのお気持ちはごもっともだと思った。だが、ひそかな仕事をおこなう職務をそうたやすくつくるわけにはいかぬ。まずは、そなたにやってもらおうと、すぐに思った」

「そうでしたか」

「あまり数は多くないほうがよい。そのかわり、一騎当千《いっきとうせん》に匹敵《ひってき》し、この仕事に専念できる者を選ぶことにした」

「はい」

確かに数は多くないほうがいいだろう——と、村雨は思った。

「わしが一人、間部さまのご家来から一人、それに大奥を守る伊賀者の中から、絵島さまが一人選ばれた」

「では、三人ですね」

「うむ。とりあえず、それで始める。足りなくなったら補充する」

少なく感じるが、ちょうどいいところかもしれない。

## 六

城へは、一橋御門《ひとつばしごもん》から入った。

本丸には向かわず、吹上《ふきあげ》の庭につくられた馬場にやって来た。

広大な庭である。

深山幽谷《しんざんゆうこく》の趣《おもむき》すら漂《ただよ》う。

江戸の町の真ん中に、こんなところがあるとは思わなかった。

歩けば、旅に出たようではないか。

「そなた、馬は乗れるか？」

と、白石が村雨に訊いた。

「はっ。いちおう」

正式に習ったわけではない。

一年ほど、富士の山麓《さんろく》で剣の修行をしていたとき、近くの農家から馬を借りて覚えたのだ。

稽古用の馬が五、六頭ほど出ていた。そこへ行って、二人は馬にまたがった。

「わしは下手《へた》だ。だから、ゆっくり回るぞ」

本当にゆっくりである。

ぐるりと半周したとき、向こうから来た二頭の馬と行き合った。

「どうっ」

白石は手綱を引き、馬を止めた。

——ははあ。

と、納得した。

誰にも聞かれたくない話をこれからするのだ。

広い馬場の、しかも建物からはまるで離れたここでは、聞かれる心配はない。

「間部さま」

と、白石が右側の馬の男に言った。

白石が間部と呼ぶなら、それは間部詮房だろう。六代将軍家宣の信頼が厚かった側用人で、七代家継のもとでも側用人として権力を握っている。

村雨は初めて会った。

四十代半ばだろう。にこやかな人である。

それは意外なくらいである。

すっきりした顔立ちで、これで取り澄ましていたりしたら、近づき難《がた》い印象となる。が、そうではない。

間部詮房は、元猿楽師《さるがくし》だったという。それが甲府《こうふ》藩主だったときの家宣の用人となり、家宣が将軍になると側用人に出世をした。

ずいぶん以前の話であり、そのことは内密にしてあったはずだが、しかし、こうした話は洩《も》れる。

もはや、江戸城内に知らない者はいない。

敵対する者は皆、陰では、

「猿楽師ふぜいが」

と、毒づく。

当人もそれは知っているはずである。それを超然と受け流しているのだから、やはり大人《たいじん》なのではないか。

間部詮房の左に、やはり馬に乗った四十くらいの男がいた。

そちらもにこやかな笑みを浮かべている。

「間部さま。当家にはこの仕事にぴったりの男がおりましてな」

と、白石が機嫌のいい調子で言った。

だが、すぐに、

「お話中ですが御前」

と、村雨広がなに食わぬ顔で言った。

「何だ？」

「お話しなさるときは、お口に手を当てられたほうが」

「なんと？」

「向こうにいる者ですが、御前のお口の動きを見ているやも」

と、さりげなく左手の小高くなったあたりで落ち葉焚《だ》きをしている者を見た。

あいだはほぼ十間（約十八メートル）。

この距離だと、目がよければ、白石の口の動きは見て取ることができるだろう。

口の動き、かすかな声、表情、身ぶり。それは剣客でも見逃さない。ましてや密偵であれば、注意を集中している。

「なんだと」

白石は視線を向けた。

顔色が変わった。

「たとえ、一言二言《ひとことふたこと》だけでもわかったら、話の中身を調べる重大な手がかりになってしまいます」

「そうじゃな」

と、白石はうなずいた。

七

新井白石は、剃《そ》り残した髭《ひげ》でも探すように、さりげなく口のまわりに手を当て

たりしながら、

「当家の家来、村雨広です。新当流の達人という声もあるほど腕が立ちます」

と、村雨を二人に紹介した。

「新当流！」

と、間部の隣の男が目を瞠《みは》った。

驚いたようだが、軽蔑の気持ちは感じられない。だが、塚原卜伝の剣は、江戸ではずいぶんめずらしくなってしまったらしい。

「よろしくお願いいたします」

村雨は二人に頭を下げた。

つづいて、間部もさりげなく、焚《た》き火をしている男から顔を逸らしながら、

「では、あやつに顔を見られないようにしながら、この男を紹介しよう。わしの家臣で弓矢の名手、桑山喜三太《くわやまきさんた》だ」

「桑山です」

軽く頭を下げた。

楊弓《ようきゅう》のような小さな弓を持っている。だが、それは見た目より遥《はる》かに強い弓であるに違いない。

しかも、小さいから扱いやすい。一瞬のうち、離れた敵の胸に矢が突き刺さるはずである。

肩の筋肉などは盛り上がっている。本気で引けば、どれほど強い弓を引くのか、見てみたい気がする。

目も優れているだろう。

さっきも左手の男にいちはやく、鋭い一瞥《いちべつ》を向けていた。

「さて、そなたたちの職名だが」

と、白石は言った。

「名などよいではないか」

間部が笑った。

「いえ、間部さま。こうしたことはきちんとしておきませぬと」

「そうじゃな。む、名はまかせる」

二人のあいだには信頼がある。

それは短い対話のうちにもうかがえる。

「はい。かんたんなものにします。側用人支配で、職名は大奥同心《おおおくどうしん》」

「なるほど」

と、間部はうなずいた。

「詰所は、平川《ひらかわ》御門のわきに小さなものだが急遽《きゅうきょ》、設置させた。細かいことは、絵島さまと大奥の女中たちが便宜《べんぎ》を図ってくれるはずじゃ」

「はっ」

村雨と桑山は頭を下げた。

「では、絵島さまに会ってもらう。平川御門の詰所に行け」

と、四人はここで二手に分かれた。

落ち葉焚きの男が敵方の密偵だったかどうかはわからない。

だが、村雨広は、顔や身体つきを頭に入れた。

## 八

江戸城の平川御門のところにやって来た。

平川御門は、大奥の用がある者が出入りするだけでなく、城内で出た罪人を運び出したりするため、不浄門《ふじょうもん》などと言われた。松の廊下で刃傷沙汰《にんじょうざた》を起こした浅《あさ》野内匠頭《のたくみのかみ》もここから出された。

他の門と比べ、人の出入りが少なくひっそりとしている。

静かだから、小鳥の声もよく聞こえている。

周《まわ》りに椿や松など緑が多く、きれいに整えられた一画でもある。

梅が匂っている。

陰謀渦巻く中でも花は香る。たいしたものだと、村雨は思う。

桜にはまだだが、よく見ると、桜の木もずいぶんある。花のころには、ここらはさぞかし美しいだろう。

新しい詰所ができていた。

門番たちが、こっちをちらちらと見ている。歓迎されている気配はない。あとで挨拶《あいさつ》に行くことになるだろう。

その詰所の前で、村雨と桑山は絵島が来るのを待った。

「桑山さんは、お城にはよく来られているのですか？」

と、村雨は訊いた。

「そうじゃな。間部さまのお供《とも》をして、ほぼ毎日来ているな」

「では、このあたりにも？」

「いや。ここらは初めてだ。つくづく広いものだと感心する」

桑山は話しっぷりものんびりしている。それは間部家中の特徴でもあるのか。なかなか好もしい雰囲気である。

やがて、大奥のほうの坂道から、男女の二人づれがやって来た。豪華な着物を着ている。月光院さまだと言われても、村雨は疑わないだろう。

「待たせましたな」

「いえ」

と、桑山がにこやかな笑みを見せた。

「話は中で」

絵島が先に、詰所の中に入り、三人があとにつづいた。

小さな土間と、四畳半が一間。四人入ると、さすがに狭く感じる。

もっとも、ここに用もないのに詰めたり、ひそかに酒を酌《く》み交わしたりといったことはないだろう。連絡をする場所といったものではないか。

「急いでつくらせたのだが、茶室のようでなかなかよいではありませぬか」

と、絵島は笑った。

ふっくらしている。どこか気安い感じがある。美人と言えるほどの容姿ではないが、好感の持てる顔立ちである。刺々《とげとげ》しさというものはまるでない。

歳は三十前後か。

年寄などという呼び名はまるでふさわしくない。

だが、大奥では絶大な力を持っているという。

「わたしのほうから、選んだ者です」

と、絵島が連れて来た男を紹介した。

「広敷《ひろしき》伊賀者の中からわたしが仕事ぶりで選びました。志田《しだ》小一郎《こいちろう》。いまどきの伊賀者にはめずらしく、ちゃんと忍びの術を学んでいるそうです」

大奥への通用口は平川御門であるが、この門から大奥に入ったところに、広敷《ひろしき》向《むき》と呼ばれる一画がある。ここに伊賀者が詰め、大奥の女が出かけるときはその警備なども担当していた。

「よろしくお願いします」

志田が頭を下げた。

歳は村雨と同じくらいだろう。

小柄だが、敏捷《びんしょう》な動きをすることは、身体つきでわかる。

これで大奥同心の三人がそろった。

# 九

「あなた方にお願いしたいことは、間部さまや新井さまからお聞きしていると思います。家宣さまが亡くなられてから、危機は近づいていると、これはわたくしも肌でひしひしと感じるのです」

絵島は怯《おび》えた顔をした。

肌で感じるというのは、女の勘だろう。だが、それはかなり鋭かったりする。

「もう猶予《ゆうよ》はならないのだと思います。家継さまと月光院さまも、それは感じていらっしゃいます」

五歳の家継さまが、迫りつつある危機を感じておられるとしたら、なんと可哀そうなことか。

「それはお辛いことでしょう」

と、桑山の言葉に、村雨広も同じ気持ちで眉《まゆ》をひそめた。

「よくわかりました。まず、われらがなすべきことは、家継さまと月光院さまをお守りすること」

桑山が言った。

「はい」

「ですが、絵島さま。待っているだけでは、守り切れませぬぞ。こちらからも仕掛けなければ」

「たしかに」

と、村雨は桑山の言葉にうなずいた。

志田は黙って話を聞いている。

「明らかに家継さまの敵と思われる人たちもいますね」

と、村雨が言った。

「それはもちろん」

「お教え願いたい。もし、こちらから出て行けるなら、桑山どのが言ったように、それはやるべきだと思います」

「わかりました。申し上げましょう。まず、家宣さまのご正室であった天英院《てんえいいん》さま」

「………」

志田が無言でうなずいた。大奥のことはかなりわかっているのだろう。

村雨も屋敷の者の噂からざっとそのあたりは聞いている。

正室でありながら、ついに世継《よつぎ》を産《う》むことはできなかった。月光院に好意を持てというのは無理な話だろう。

「間部詮房さまに対して、ご老中の井上正岑《いのうえまさみね》さま」

と、絵島が言った。

「はい……」

三人ともうなずいた。

これも周知の事実である。

笠間《かさま》藩五万石の藩主。

江戸の巷《ちまた》でも評判はよくない。この人の悪口を書いた落書《らくしょ》が貼られたりする。

「このお二方は確かな敵といっていいでしょうね。あとは、その周囲にいる者たち」

「天英院さまと井上さまは、仲間とみてもいいのですか？」

と、村雨が訊いた。

「もちろんです」

「まずは、井上さまの身辺を探りましょう」

と、桑山喜三太が言った。

「井上さまの裏には？」

と、村雨広は訊いた。

「ご老中の裏にか？」

桑山が村雨に訊いた。老中は最後の敵といってもいいほど大物であろう。

「さよう」

と、村雨はうなずいた。

「村雨」

絵島が言った。

かすかに切ないような顔になっている。猫でも探すように目が動いた。

「はい」

「そなたの思うことはわかります。さすがに、白石さまが強くご推薦なさったほどの者。だが、いま、その名を申し上げることは差し控えたい」

「わかりました」

村雨広はうなずいた。

## 十

「月光院さまがご挨拶なさいます」

と、絵島が村雨たち三人を見て言った。

「なんと」

桑山がいちばん緊張した。

「お駕籠が参ります。さ、外に」

三人は詰所を出た。

絵島が出て来るのを待っていたらしく、大奥のほうから、駕籠がやって来た。豪華絢爛《けんらん》たる駕籠である。鏡のように磨きあげられ、雲の多い春の空を映《うつ》している。

駕籠は御簾《みす》が下ろされている。

絵島が駕籠のそばに寄った。

「さきほど、お話しした三名の者です。新井さまが大奥同心と名づけられましたが、家継さまと月光院さまのためだけに動く者たちです」

返事はない。

「一言《ひとこと》、お声を」

絵島がうながした。

まだ声がない。

村雨はなぜか、強い視線を感じた。

殺気などではない。まるで逆である。温かい気配。

御簾を上げると、そこに花束でもあるのではないか——村雨広は、そんな奇想が浮かんだ。

そのときである。

聞こえていた小鳥の声が熄《や》んだ。

異様な気配があたりを取り巻いた。

三人もすばやく立ち上がった。それぞれ武器に手をかけている。

「どこだ?」

と、桑山が言った。

村雨広は刀に手をかけ、気配を探った。身体は、針を刺されるときのような痛みを予測している。

気配は磨きあげた駕籠の屋根にもあった。どす黒い雨のようにあった。何か映っているのだ。

「上だ」

三人は上を見た。

矢が降って来るところだった。

真《ま》っ直《す》ぐ飛んで来る矢ではない。高い空に撃ち込み、上がり切ったところから落ちて来る矢。

見えない敵に向けて撃つ技である。

「なんと」

桑山が小さな弓矢を構え、志田が懐《ふところ》から手裏剣《しゅりけん》を取り出した。

ひゅう。

しゃっ。

桑山が矢を放ち、志田が手裏剣を飛ばした。

二本の矢が宙ではじけた。

だが、まだ二本あった。

駕籠の屋根にそれが突き刺さろうというとき、前に立ちはだかっていた村雨広が剣を振るった。
二本の矢は真っ二つに斬られて地面に落ちた。
「まだ、来るか」
桑山が訊いた。次も上から来るとは限らない。
「わからぬ」
村雨は答えた。
絵島が門番たちに助けを求めている。
志田が近くの木に走り、驚くような速さでよじ登った。
周囲を見回している。
桑山は駕籠から十間ほど離れ、矢をつがえたまま、これも周囲を見た。
村雨広だけが、駕籠の前に立ちはだかっている。
「村雨広」
と、駕籠の中で声がした。
駕籠の中にいるのは月光院である。
村雨は名乗っていない。
――なぜ、わたしの名を？

不思議に思ったが振り向くことはできない。

「まだ、猫は飼ってますか？」

と、訊かれた。懐《なつ》かしがっている響きがある。

「え？」

危機に対応しているとき、駕籠の中から聞こえた意外な言葉。

村雨広は混乱した。

そういえば、聞き覚えのある声。いつまでも聞いていることができたらと願った声。

胸が急に、苦しいほどに締めつけられた。

## 十一

次の攻撃はまだない。

村雨広は、動揺しながらも気を抜かない。

木の上にいる志田小一郎が言った。

「お濠の向こうだ。大きな傘を持った四人連れが消えていく。傘に隠れて弓を放ったのだろう」

そんなやつらは、いまから追っても無駄である。それよりは月光院を守らなければならない。

「この周囲は大丈夫だ」

と、桑山も言った。

門番たちが駆けつけてきた。

だが、すぐには事情も飲み込めない。この者たちは、やはり頼りない。

「どうしたので」

「いや、なんでもない」

桑山が言った。武術の心得のない者たちが騒ぎ出すと、逆に守りにくくなる。

絵島はそんな意向も察したらしく、

「なんでもなかったようじゃ。よい、下がれ」

と、命じ、

「月光院さま。とりあえず、危難は去ったようでございます」

駕籠の前にかしこまった。

村雨たち三人も、あらためて駕籠の前で膝をついた。

「名前を、名乗らせます」

絵島は三人を見た。

「桑山喜三太にございます」

「志田小一郎にございます」

「村雨広でございます」

頭を下げた。

「これから、守ってもらうのじゃ。顔を見せておかねばなるまい」

と、駕籠の中で月光院が言った。

駕籠の御簾が上げられた。

やはり、そうだった。だが、信じられなかった。じっと見入った。間違いようもなかった。

懐かしい顔だった。

どれほど再会を望んだことか。

ふっくらした頬は少し痩《や》せていた。

だが、さらに美しくなっていた。いつも微笑《ほほえ》みを感じさせた目。その目に涙が見えるのは気のせいか。

——お輝《てる》……。

思い出が胸の奥から溢《あふ》れ出してきた。

浅草《あさくさ》の裏長屋だった。匂いも気配も身体に染《し》みついている。目をつむれば、すぐにそこへ行ける。

いまでも当時の長屋に帰りたい。もしかしたら、あそこに帰りたくて、長い旅の暮らしをつづけたのかもしれない。

お輝は、隣に住んでいた。

壁越しに声が聞こえていた。

お輝の父は元加賀《かが》藩士、佐藤二郎左衛門《さとうじろうざえもん》。

村雨のほうが先にその長屋にいて、浪人となった佐藤と娘のお輝がやって来た。

お輝はまだ六歳だった。

村雨広は九歳だった。

それから、十年。

二人は隣り合わせで生きたのである。

子どもから大人になるときの十年。おそらくは人生の中でもっとも輝きに満ちた季節ではないか。

ときには兄妹《きょうだい》のように、親しく接した。最後の一、二年は、あと少しで男女の仲となるような微妙な時期でもあった。

なんと素晴らしい、夢のような十年であったことか。

## 十一

お輝が長屋から消えた日——。

「お輝さんは、どこへ行ったのですか?」

と、村雨広はお輝の父にすがりつくようにして訊いた。

友人たちのあいだで喧嘩《けんか》騒ぎがあり、それで二日、長屋を留守にしたのだが、もどってみると、お輝がいなくなっていた。

「お輝は屋敷勤めをすることになった」

「え」

聞いていない。

「急な話だった。お輝も驚いていた。嫌がったが、頼んで承知させた」

「……」

「挨拶もできなかったな」

「どこですか？」

「それは聞かぬほうがよい」

「もう、もどらないのですか」

「ああ」

佐藤二郎左衛門はうなずいた。

お輝が十六のときだった。

その日、お輝を永遠に失ったことを知ったとき、村雨広は絶望した。

佐藤二郎左衛門は、村雨広に頭を下げた。

「すまぬな」

「……………」

謝るくらいなら、なぜしたのですか。

だが、それは言えなかった。

「そなたがお輝を好《す》いているのは感じていた。お輝もそなたに思いを寄せていたのもわかっている」

「……………」

あのとき、村雨広はこみ上げるものを押さえるのに必死だった。堰《せ》き止めなければ、号泣《ごうきゅう》するのは間違いなかった。

「だが、そなたはここを抜け出すことができるか？　浪人暮らしがつづくだろう。わしは、浪人暮らしにほとほと疲れた。娘にはここから抜け出てもらいたい。それには、屋敷に出仕するのがいちばん早い」

と、佐藤二郎左衛門は頭を下げた。

こうまでされたら、それ以上、怒ることはできない。

剣の最初の師匠である。新当流もこの人から習い始めた。

いい師匠だった。村雨の天分をほめ、上手《じょうず》にやる気を引き出してくれた。好奇心が強く目移りしがちな村雨が、あそこまで剣の修行に熱中できたのも、この人のおかげだったろう。

だが、この人はわからないのだと思った。自分にとって、お輝がどれほど大切な人であるかを。

——わたしはあの日、半分、死んだのだ。

と、のちに振り返って、村雨広は思った。

その思いはいまだに変わらない。

「まだ、猫は飼ってますか？」

と、さっき月光院は訊いたのだ。

村雨広はその言葉を聞いて、思い出した。

あの長屋にいた猫たちのこと。

二人で捨て猫を育てたことがあった。ぐったりしていた小さな黒い仔猫《こねこ》を、ぼろ布に包み、魚のすり身を食べさせた。家に上げるなと言われ、軒下《のきした》で育てたのだが、死んでしまったのではないかと、二人とも夜中に何度ものぞきに出たものだった。

まだ村雨も十歳くらいだった。その猫は無事に育ち、何匹か仔も産み、お輝がいなくなってもしばらく長屋で生きていた。

だが、あれからは猫など飼っていなかった。見向きもしてこなかった。

それどころか、やっと生きてきたのである。空《むな》しさに耐えてきたのである。

お輝がいなくなってから。

そのお輝が十年ぶりに姿を見せて、

「守ってくださいますね？」

と、言った。

# 第二章　先手

## 一

月光院に挨拶をしたあと――。

村雨広、桑山喜三太、志田小一郎の三人が詰所に入って、今後の仕事の進め方について話を詰めようとしたとき、雨が降り出した。

だが、寒くはない。いかにも木々が喜びそうな雨である。こんな雨が何度か繰り返されたあと、爛漫《らんまん》の春が押し寄せてくるのだろう。

――思いがけない春になりそうだ……。

と、村雨広は思った。

嬉《うれ》しい春を期待しているわけではない。

春はむしろ切ないことが多い。お輝を失ったのも十年前の春だった。どんよりしたぬくもりに、むしろ苛立《いらだ》ちを覚えたほどではなかったか。

「どうなされた、村雨どの？」

桑山が訊《き》いた。

「え？」

「ぼんやりなさっているようだったが？」

「これは失礼した。大丈夫。話はしっかり聞いています」

「いや、もちろんそうでしょうとも」

桑山は人のよさそうな笑顔を浮かべた。この人はおそらく、家でもよき父親だったりするのだろう。

「それでは、こっちからも攻めて出るということでよろしいな？」

と、桑山は二人を交互に見て、訊いた。

「むろん」

村雨広がうなずき、

「お二方がよろしければ」

と、志田小一郎も言った。

「では、それについてはそれぞれで報告しておくことに」

報告の相手は、言うまでもなく、桑山は間部詮房、志田は絵島、村雨は新井白石である。

「われわれ同士の連絡も密におこなわなければなるまい。まずは、朝晩一度はここに顔を出すということでよろしいな」

と、桑山は言った。

三人のうちでも年嵩《としかさ》であり、間部の古くからの家臣でもある。自然と桑山が頭領格になっている。

「そうしましょう」

「わかりました」

村雨も志田も異論はない。

雨の音がさらに強まった。

この詰所は、野戦用に用意してある、かんたんに組み立てられる小屋である。屋根は薄い板を張っただけで、雨の音がよく響く。

春雨にしては激しい。びしびしと、痛みを感じさせるような雨音になっている。話もしにくいほどである。

だが、しばらくして熄《や》んだ。

「すごい雨だった」

口数の少ない志田が言った。

「うむ。お濠の水も増しているだろう」

と、村雨広は言った。

「それが何か？」

桑山が訊いた。

「いや、特には」

村雨はそのまま口を結んだ。

話すほどの確信はない。勘である。

千代田城は水に囲まれている。面倒なことが起きなければいい。

## 二

江戸は水の都である。

もともと城は江戸湾の海辺にあり、何本かの川が周囲を流れていた。

そこを徳川家康が各大名に負担させ、大工事の末に、運河が縦横《じゅうおう》に走る土地につくりあげた。

そのため、よほど山の手のほうはともかく、ほとんどのところに舟で近づくことができる。

それは千代田の城の内側も例外ではない。

ただし、監視の目はある。舟がそれをすり抜けるのは難しい。

だが、人が泳いでいくなら、それはできる。

昼であれば、あるいは誰かの目に触れるかもしれない。夜ならそれも免《まぬが》れる。

いや、昼であっても、水の底に長く潜ることができる者であれば——。

鮫吉は昨夜、紀州藩上屋敷に近い赤坂の溜池《ためいけ》からそっと水に入った。それから外濠を大きく回り、道三堀《どうさんぼり》から桔梗濠《ききょうぼり》へと入ってきた。

この通り道は初めてではない。

江戸へ来てからほとんど毎夜、城の周囲を泳いでいた。

水路はほぼ完璧に頭に入った。複雑だが、江戸はいろいろ景色に特徴があるので覚えやすい。

城の周りの濠は、ところどころで堰《せ》き止められ、高低差がある。逆にそうしないと、高いところの濠はすぐに干上《ひ》がってしまう。

だが、桔梗濠までは水の中に入ったままで来ることができる。

そこから先へ進むのも、苦労はない。門番たちのちょっとした隙《すき》を窺《うかが》えば、次の濠へ入り込むのも容易である。

いまは、大奥の真下に当たる平川濠に来ている。ここからだと、三日月《みかづき》濠から蓮池《はすいけ》濠と、本丸の周囲をほぼ半周することもできる。

――そろそろ城の濠で暮らすか。

鮫吉はそう思った。

頭《かしら》の幸右衛門から伝えられた命令はかんたんだった。

「将軍家継を殺せ」

それだけである。

その際、つねにいっしょにいる生母・月光院まで殺害してもよいという。

四人が協力し合うわけではない。

別々に動いて、勝手に家継を狙う。どんなに迂遠《うえん》な手を使ってもかまわない。

協力し合えることがあれば、それはすればいい。

いわば、早い者勝ちということだが、勝ちを急ぐ者など四人の中にいるわけがない。皆、自分なりにいちばん確実な方法を狙っているはずである。

鮫吉は、辛抱なら得意である。

だが、策略は苦手である。水に潜み、ここぞというときに飛び出して仕留めたい。

そのためには、ここ平川濠に潜んで、夜になってから石垣を這《は》い上がり、大奥のようすを窺う。そうした日々を繰り返すうちに、かならず機会はやって来る。

将軍といえど、子どもである。

見かけたら金魚か何かでおびき寄せ、命を断って、ふたたび濠に逃げる。

おそらく、さほど難しい仕事にはならない。要は、この場所に棲《す》みつくこと。

いつでも大奥に忍び込めるようにしておくことである。

さっき、激しい雨が降った。これでしばらく水が濁り、水かさも増える。

深ければ深いほど、鮫吉には都合がいい。泳ぐにも、潜むにも、水は多ければ多いほどいい。

江戸に来てからは、ずっと紀州藩邸で寝ていた。

布団で寝るのはやはり疲れる。水の上で横になって寝てこそ、鮫吉は安眠できた。

三

村雨広は城からもどると、一足先にもどっていた新井白石に、

「ご老中が敵となると手強いのでしょう?」

と、訊いた。

むろん、井上正岑のことを言っている。

「手強い。とにかく権限が大きい。間部さまの側用人の権限などはとても比べものにならぬ」

「それほどに」

だが、間部と新井の二人はそうした老中の権限に対抗しつつ、家宣のもとでまつりごとを牛耳《ぎゅうじ》ってきたのである。

「家宣さまあってのわれらだった。だが、これからはそうもいかぬ。ただし、老中は一人ではないしな」

「そうでした」

四人いる老中の一人、久世重之《くぜしげゆき》は、新井白石の学問上の弟子といえるほどで、

熱烈に支援してくれているという。

「それに、これは明かすわけにはいかぬが、井上のところには密偵も送り込んでいる。向こうの動きもかなり摑《つか》みつつあるのだ」

と、白石は自信ありげに言った。

これは当然だろう。

「ただ、こっちが送り込んでいるということは、向こうもこちらに送り込んできているのでしょう?」

と、村雨は言った。

「うむ」

白石は嫌な顔をした。

正論では誰にも負けない。

だが、権謀術数《けんぼうじゅつすう》のこととなると、自身も嫌うし、苦手なのだろう。

「そこで、御前。絵島さまにも申し上げたのですが、迎え撃つばかりではいずれどこかを破られます。こっちも攻めないと勝つことはできませぬ」

「攻めるというと?」

「まずは、井上さまの周辺を見張ります。親しい大名や旗本、さらに商人《あきんど》たちも」

「それは、密偵たちもやっていること。井上についてわかっていることは、そなたにもすべて告げておいたほうがよいだろうな。それは、西野から聞いておいてくれ」

「わかりました。ただ、それだけではありません」

「なんだ？」

「探るには、多少、荒っぽいこともしなければなりません」

「それは脅すということか。そなたの剣を振るうというのか？」

「それも含めてですが。もちろん、しくじったときに御前につながるようなへまは致しません。そのためには、この家から追放していただいたほうがよろしいかと」

と、村雨広は言った。

思いつきではない。

間部の立場、新井の立場を考えているようでは、月光院は守り切れないような気がしている。

「そなたも、そこまで思うとはな。まずは、大奥の護衛のことで当てにしたのだが」

「申し訳ありません」

勝つためには、攻める。勝たなければ、月光院には平穏は訪れない。

「気持ちはわかった。それは随時、判断しよう。まずは、そのつど、報告してくれ」

と、白石は言った。

四

新井家の用人、西野十郎兵衛《じゅうろうべえ》に、老中井上正岑について、いろいろと教えてもらった。井上はやはり、食えない爺《じじ》いだった。

一通り話が終わると、

「村雨。飯を食って行け」

西野は言った。

「飯を？」

「じつはな、綾乃《あやの》がそばを打った。このところ、稽古しておったのだがな、ようやっと人に食べさせられるものができるようになった」

「そばを？　力が要《い》るのでは？」

江戸生まれ、江戸育ちの村雨は、そばは食うばかりで打ったことなどない。諸国を放浪していたときもそんな機会はなかった。

「うどんほどではないらしい。ま、味わってやってくれ」

と、西野は嬉しそうな顔をした。

西野は五十がらみの快活な性格の男で、しばしば声を荒らげる新井白石のもとで、じつにうまく家中をおさめている。

娘の綾乃は今年、十八になった愛らしい娘だが、これも明るい性格である。このあいだは、村雨に剣術を教えてくれと言ってきた。怪我《けが》でもさせたらまずいので断わったが、以来、ときおり村雨の住まいから見えるところで、木刀を振ったりしている。

「お待たせしました」

と、声がした。

綾乃が盆を持って入ってきた。

そば屋のようにせいろに盛ってあるのではない。どんぶりにたっぷり入っている。

「すごい量だ」

「存分に召《め》し上がってください」

話が終わったら、どこか外に食べに出ようと思っていた。ありがたい申し出で、馳走《ちそう》になることにした。

たっぷりたぐって、つけ汁にひたし、すする。

「おう、うまい」

世辞《せじ》ではない。

つけ汁もそば屋のものほど濃くないが、きのこのだしがきいていてこれもうまい。

「よかったな、綾乃」

「嬉しいです」

食えそうもない量に思えたが、結局、平らげてしまった。

綾乃が下がったのを見て、

「あれは、そなたのことがずいぶん気になっているらしい」

「はあ」

「もらってくれぬか」

西野は真面目《まじめ》な顔で言った。

「もらう……？」

「嫁にだ」

「そんな。わたしはいま、面倒な仕事を受け、この家から召し放たれるやもしれないのですぞ」

「それは、白石さまが許さぬだろう」

西野の目は真剣である。

「驚きました」

「考えておいてくれ」

ひどく気まずい。

## 五

明日から見張りを開始することにしていたが、今夜から始めることにした。

西野の申し出を聞いたことで、あの屋敷から逃げたかったのだろう。

綾乃は明るく屈託がない。

いい娘だけに、村雨には重い。

お輝もにこやかではあったが、あれほど明るくはなかった。

青山隠田《あおやまおんでん》にある笠間藩の下屋敷に来た。

一日見張ってみて、怪しいのがいたらあとをつけることにしてある。

桑山喜三太は西御丸下の上屋敷、志田小一郎は染井《そめい》の中屋敷、そして村雨広はここ下屋敷を見張ることにした。村雨はむしろ、下屋敷がいちばん得るものがあるような気がした。

大名屋敷が並ぶところだが、道沿いに町人地がある。町人地のほうから眺めることにしたが、なにもしていないといかにも怪しい。

酔っ払っているふりをしようと思ったが、それだと歌ったり、千鳥足《ちどりあし》で歩いたり、芝居をしなければならない。

ちょっと考えて、悩んでいることにした。

小川が流れていて、そのわきの桜の木に身体を預け、夜の川面《かわも》をじっと見つめる。

そうやっていると、だんだん気分も憂鬱《ゆううつ》になってくる。

あまり人通りは多くないが、男女の連れが、

「借金でもしたのかね」

「かわいそうにね」

などと、小声で言って、通り過ぎた。

半刻（一時間）ほど、川の流れを見るふりをしながら下屋敷の門のあたりを眺めていたが、

――いっそ忍び込むか。

と、思った。

待つよりは何か仕掛けて、向こうがどう動くかを見たほうが、よほど手っ取り早いし、わかりやすいのではないか。

幸い月明かりもある。明かりがなくても忍び込めそうである。

細長い敷地で、裏手は田んぼに面している。そこまでは行かず、ちょうど中ほどの、横道に面した塀を乗り越えた。

屋敷に近づき、小柄《こづか》を使って板戸を外した。

稽古したわけでもないのに、うまくできた。

――これじゃ泥棒だな。

と、苦笑した。

昔、似たようなことをやった。押し込みまがいのことだ。ひどい金貸しがいるというので、友人と二人でその家に忍び込み、証文を盗んで、ぜんぶ燃やしたことがあった。

藩主の書斎らしい。真新しい畳の匂いがこもっている。床の間のあたりには骨董品《こっとうひん》らしき箱が積まれ、山水画《さんすいが》の掛け軸が飾られてある。評判の人柄から察するに、山水画は似合わない。金糸銀糸《きんしぎんし》でつくったのれんでも下げておくのがいいだろう。

まずは部屋を荒らした。

それから帳簿のようなものをわざと見えるように胸元に突っ込むと、わざとらしく音を立てた。

「なんだ、どうした？」

「明かりを持て」

玄関に近いほうで声がしている。

もっと速く駆けつけてくるべきだろうに、なかなかやって来ない。臆《おく》しているのだろう。

顔だけは手ぬぐいで隠し、廊下に立ったまま来るのを待った。

若侍が二人ほど来た。

「あ、く、曲者《くせもの》」

「これで証拠は摑んだぞ」

と、村雨は思わせぶりなことを言った。

庭に降りた。

「待て」

追って来る。

「やるのか」

振り向くと、止まる。

村雨が逃げると追って来る。

振り向いて刀を構えると、また止まる。

これでは、子どもの遊びの〈ダルマさん、転《ころ》んだ〉だろう。

こっちから近づいてやる。

「こ、こやつ」

「やる気かぁ」

悲鳴に近い、上ずった声が飛び交う。

二人とも剣術はまるでおそまつである。

腰が引けているところに踏み込んで、一人の刀を叩き落とした。もう一人は何もしないうちから後ろにひっくり返っている。

庭を走り、入ってきたあたりから外に出た。

# 六

ちょうどそのころ——。

新井白石は、駕籠で城に向かっているところだった。昼は徒歩で城とのあいだを往復するのもしばしばだが、夜は安全のために駕籠を使う。護衛の武士も二人にしている。

いったん自分の屋敷にもどった白石だが、明日の朝、通達するつもりの文書をつくるため、城にもどることにした。

こんなことはよくあることである。

「止めてくれ」

白石は駕籠の中から言った。

「どうなさいました？」

「本屋に寄る」

「ははっ」

駕籠を本屋の前につけ、護衛の武士二人が、襲撃の気配がないかを確かめる。

店の中にいるのも、町人の若い男と、四十前後の女、あとは顔なじみの店のあるじだけである。

「御前、どうぞ」

「む」

白石は駕籠から出た。

五日に一度は、本屋に立ち寄らないと落ち着かなくなる。

新しく出版された書物はいちおうかならず手に取る。どんなくだらなそうな書物でも、それを喜んで読む庶民がいるのだから、目を通しておく。

むろん、漢籍などの硬《かた》い書物も手に取る。

昨年、家宣に講義した中身を『読史余論《とくしよろん》』という題でまとめた。これを出版させて欲しいと言ってきている者もいる。

自分が書いたものが本屋に並ぶのを見るのは嬉しい。だが、先代の将軍に講義をしたものを出版するのはまだ早い気がして、返事を保留していた。

新しく出たらしい天文関係の書物に手を伸ばそうとしたとき、

――ん？

隣に若い女が立っているのに気づいた。

きれいな女だった。

歳《とし》は二十四、五といったところか。眉《まゆ》は細く、吊り上がっている。大きな目。だが、すっと細くなるときがある。細い鼻梁。唇はぷっくりふくれたようである。

背が高い。白石とほぼ同じくらいではないか。

目が合った。

強い光を宿している。ただならぬ光である。

――わたしを見たのか？

つい、後ろを見た。白石以外に誰もいない。だとしたら、あんな強い光で自分を見たのだ。

女は浮世草子を手にしていた。

書名に目がいった。『傾城禁短気《けいせいきんたんき》』。ずいぶん売れている本である。

ちゃんと読んではいないが、白石は売れている本ならざっと中身を見ている。たしか、衆道《しゅどう》と女とどちらがいいかというのを、真面目ぶった語り口で書いたものである。

――それをこの若い女が読むのか？

もう一度、目が合った。

今度は強い光ではなく、どこか切なさを秘めた眼差《まなざ》しだった。

いままで自分はこんな目で女から見られたことがあっただろうか。

儒者《じゅしゃ》である。孔子《こうし》の教えには、露骨な男尊女卑の考えは見当たらない。だが、朱子学《しゅしがく》あたりになってくると、どこかに男尊女卑の気配は色濃い。

白石自身にもそうしたものがあると自覚している。

だが、目の前にいるこの女は、おそらくそうした教えからはみ出している。ふつうの枠組みにおさまっていない。この美貌にしてからも。

白石は目を逸らした。

とても見つめてなどいられない。捕われの身になってしまう。

「では、また」

女が言った。

「え？」

顔を上げたときはもう、背を向けている。

横目で追う。女はあるじのわきを通って、階段を登った。

——この店の女なのか。

だが、訊くのは憚《はばか》られる。

白石はおやじに軽く会釈《えしゃく》をして店を出た。胸が高鳴っていた。

少年のころ、花の香りがする春の闇に足を踏み入れたとき、こんな気持ちがしたものだった。

## 七

村雨広は、笠間藩下屋敷を出ると、表門があるほうにもどり、それから小川を挟んだ木の陰に隠れて、屋敷の者が動き出すのを待った。

まもなく、二人の男が出て来た。

一人はさっきの片割れで、もう一人は五十くらいの歳だろう。

二人はお城のほうに駆け出した。

西御丸下の上屋敷に行くのだろう。

あとをつける。

案《あん》の定《じょう》である。

上屋敷の門の近くでさらに次の動きを待つ。

今度は小者を伴《とも》なった者が三人、合わせて六人が出てきた。今度は分かれるらしいが、一組しか追えない。

いちばん歳のいった男をつけることにした。

外桜田《そとさくらだ》の門を出て行く。

門は間部詮房の家中の者と名乗って通る。

永田町《ながたちょう》の道を行くころには見当もついた。用人の西野からもつながりがあることは聞いていた。

紀州公の門を叩いている。

「老中井上河内守《かわちのかみ》……」

と、名乗る声まで聞こえてきた。

これではわかっていることを確かめただけである。いちばん若いのを追ったほうがよかったかと後悔した。

案の定——。

報告に来た井上家の者は四半刻（三十分）もしないうちに引き返した。これはもう、つけても仕方がない。

紀州がどう出るかである。

よほど諦めて帰ろうと思ったが、どうにか耐えて朝まで待った。

慌《あわ》ただしく出てきた者がいる。

ただならぬようすである。

——あとを追おうという気にさせてくれるぜ。

村雨広はにんまりしてあとをつけ始めた。

あいだは半町（約五十四メートル）。もう少し近づきたいが、まだ夜が明けたばかりで、人の姿が少ない。これ以上、近づけば見咎《みとが》められる恐れがある。

男は隙のない足取りである。顔はよく見えない。

内濠まで来て、北へ向かう。

今度は行く先の見当がつかない。

濠を回り、なんと平川門を入った。

門に入る前、お濠をのぞき込むようにした。何か言ったように見えたのは気のせいだろうか。

村雨広もその前を通るとき、お濠を見た。昨日の雨のせいらしく、橋のすぐ下まで水がきていた。だが、特におかしなようすはない。

「平川門を入るとはな」

と、つぶやいた。これは収穫かもしれない。

平川門を使うのは大奥と関係する者である。

なんとか顔を見ようと足を速めた。

このあたりに来ると、早番の武士たちがやって来ている。男はその一団にまぎれた。

村雨広も門をくぐった。

詰所があるから、村雨が通っても不思議はない。

さっきの男の姿は見えない。

やはり、大奥に入ったらしい。

――ということは、大奥にもすでに手が伸びているのだ。

面倒なことを想像した。

絵島だって、完全に信じていいのかわからない。

# 八

平川門わきの詰所で、さっき入った者が出て来るのを見張りながら、桑山と志田が来るのを待っていると、

「村雨どのはおられるか？」

女が顔を出した。

「わたしだが」

「絵島さまがお呼びです。さ、早くなさい」

叱られるみたいに言われて外に出た。

大奥へと登る坂の途中に絵島が待っていた。

「そなた、月光院さまと幼なじみであったそうな」

月光院が話してしまったらしい。

「はい」

「どうでした、十数年ぶりに出会った気持ちは？」

「それは嬉しかったです」

「月光院さまも、そなたと話したがっておられます。そこの塀のところ」

「はい」

「上が格子《こうし》の窓になってますね？」

白壁の上のほうに小さな窓があり、格子が嵌《は》まっている。

「ええ」

「その前に、こっちを向いて立ち、なに食わぬ顔でお話ししてください。けっしてここらにいる者に気がつかれないように頼みますよ」

「はい……」

期待に胸が高鳴った。

絵島は去り、村雨広は坂から平川門あたりの景色でも眺めるように、ゆったりと立っていた。

いくつもの思い出が駆けめぐる。

だが、どうしても別れのときに味わったつらい気持ちを思い出してしまう。

剣の腕がめきめき上達したときがあった。

十七から十九のころである。

隣家の佐藤二郎左衛門に習うだけでなく、浅草寺《せんそうじ》に近い町道場にも通った。たちまち筆頭の腕になった。

腕を買われ、ちょっとした用心棒仕事なども引き受けるようになっていた。

だが——。

村雨広の気持ちは穏やかではなかった。

すさんできているのは自分でもわかった。

苛々《いらいら》し、暴れたい欲求を持て余した。

知り合いの喧嘩には進んで顔を出した。道場の友人たちだけでなく、町人のヤクザがからむような喧嘩とも関わった。

自分がどうなっていくのか、恐かった。

いま、思えば、父の病《やま》いがひどくなり、母が毎日、ため息ばかりついていたような家が重苦しかったのだろう。

だが、そのころは自分の気持ちを整理しながら眺めるなどということはできなかった。

ただ、ひとつだけ、救いがあった。

それは——。

お輝がそばにいてくれるのだったら、自分は滅茶苦茶《めちゃくちゃ》にまではならずにすむだろうと思えたことだった。朝、井戸端で、お輝の笑顔が見られたり、怪我《けが》をしていたときに、心配そうに「どうかしたの？」と訊いてくれたりする限りは……。

そのお輝がいなくなったのだった。

それから三年――。

村雨広の心は荒れ、剣の修行のため、江戸を旅立つまでつづいたのだった。

## 九

「村雨さま、広さま」

背中で声がした。

振り向こうとした村雨に、

「そのままで話してください。でないと、怪しまれます」

と、月光院が言った。

「お輝……」

「あ」

月光院は小さく叫んだようだった。

「お輝」

村雨広はもう一度、言った。

「その名で呼ばないで」

「だが、わたしの中ではわかります。それはわかります。わたしも同じです。でも、もう、あのころにはもどれません」

「……」

時はなぜもどらないのだろう。道を行く人が引き返すことができるのに、時はなぜ、振り向いてもどることをしないのだろう。

「どれほど悩んだことか」

と、村雨広は言った。

「自分が馬鹿だったのです。自分にもっと知恵があったら、あのときお輝を失わずにすんだかもしれない。ああした事態を予想し、なんらかの手を打てたかもしれない。あるいは、もっと強くなっていて、剣の腕だけで数ある他藩の江戸藩邸あたりから仕官の口がかかるくらいになっていたら……。十九にもなっていて、なんの力もなかった自分が悔しくてたまりませんでした」

「同じです、わたしも。なぜ、あのとき、もっと強く父を説得しなかったのか。いえ、わたしがもっとしっかり学問を身につけ、手習いの師匠などでたつきの道を身につけられていたら、父もあんな話は持って来なかったでしょうに」

「あれから十年です」

「ええ。村雨広。あなたはほとんどお変わりなく」

「とんでもない」

あのとき失ったもの。それをどうしても埋められないでいる。

「わたしは変わってしまいました」

「手の届かないところまで」

と、村雨は言った。

「でも、天はふたたび、村雨広と会わせてくれました」

「天が」

そうかもしれなかった。

運命。遥《はる》か頭上をうねりながら行くものを感じた。

「天は、わたしたち母子を助けてくれようとしているのかもしれません」

「できるだけのことを」

村雨はそう言った。それは、昨日、駕籠の前でも約束したのである。

「村雨広。わたしの院号が月光院であるのは、偶然だと思うのですか?」

「え?」

まさかという思いが兆《きざ》した。

それはまさに、ずっと忘れずにいてくれたということではないか。

「あなたの剣の名をいただいたのですよ。わたしたちを守ってくれるものがありますようにと、願いを込めて」

「そうだったのですか」

静かにつぶやいた。

だが、村雨広の胸には、激しくこみ上げてくるものがあった。それは切ないくらいの喜びだった。

「あの剣は完成したのですか?」

と、月光院は訊いた。

「まだ、苦闘しております」

「そうですか。秘剣月光……でしたね」

「はい」

じつは、諦めていた。

あまりの奇妙さに、この武芸書はやはり偽書なのだと、自分に言い聞かせようとしてきた。

だが、あの剣はおそらく本当なのだ。

そしていまこそ、秘剣月光を完成させなければならない。

「遣《つか》ってくれますか、わたしたちのために？」

「はい。月光院さまのおんために」

頭を下げて、村雨広は言った。

お言葉を返すようですが、月光院さま、あなた一人だけのために。

十

月光院との話が終わり、詰所にもどると、桑山喜三太と志田小一郎が相次いで出仕してきた。

「今日から井上の屋敷を探るぞ」

と、桑山が言った。

「じつは……」

村雨は昨夜のことを告げた。

「ほう。証拠は摑んだと言ったのか」

桑山はにやりとした。

「もう少しいい台詞《せりふ》があっただろうと思うが、それしか思いつかなかった」

「いや、謎めいていていい」

桑山は言った。

「それより、大奥に来たというのが気になるな」

と、志田が暗い顔で言った。

「そうなのさ。見当はつかぬか？」

「広敷者《ひろしきもの》が多いが、用事で出入りする者もいる」

「広敷者ならそなたの仲間ではないか？」

「ああ」

そう言って、志田は顔をしかめた。

「敵方に籠絡《ろうらく》されている者がいるというのか？」

と、桑山が訊いた。

「広敷者であれば、そういうことになるな。だが、紀州藩邸から出てきたのだろう？」

志田が村雨に訊いた。

「そうだ」

村雨はうなずいた。

「であれば、広敷者ではないが、それもわからんな。わしのように、ひそかな御用を言いつかった者の動きはよくわからなくなる」

「なるほど」

桑山がうなずいた。

「ここから入った者は、ここから出て来るのか？」

村雨はさらに訊いた。いちおう出て来る者の姿を眺めている。入る者は多いが、まだ出て来る者は少ない。

「いちおうな。だが、中で用ができて、表のほうから出て行くこともある。いちがいには言えぬな」

と、志田は答えた。

「そうか」

だいいち、あまり接近できなかったので、顔もよくわからない。敏捷《びんしょう》そうな身のこなししか覚えていない。

「結局は無駄な動きをしたのかな」

村雨がそう言うと、

「それは違う。大奥にも敵の手が入っているかもしれないと、こちらも注意をうながされた。それに、向こうの動きも慌ただしくなるはずだ。尻尾《しっぽ》を摑む機会も出てくるだろう。とりあえず、われらは井上のほうを見張ろう。紀州まで手を伸ばすと、こちらの調べも散漫になる。紀州はようすがだいぶわかってからだ」

と、桑山は落ち着いた口調で言った。

「濠の外から矢を放った連中を探らなくてよいのか？」

「それもあるな。では、志田はそちらで動いてもらうか」

「うむ」

「わしと村雨は中屋敷と下屋敷を探ろう」

「それと……」

村雨広は、男が平川門のお濠の前でした奇妙なしぐさのことを言った。

「お濠に向かって話しただと？」

志田は首をかしげた。

「お濠の中に、侵入者を防ぐため、人を配しているなんてことはあるのか？」

「ない。そんな者はいるわけがない」

志田は笑った。

「わたしはそういう役目も必要だと思ったがな」

と、村雨は言った。

## 十一

この日一日、村雨はほとんど収穫がないまま終わった。

笠間藩下屋敷を見張り、出入りする者を確かめ、二人ほどあとをつけた。

一人は出入りの呉服商。もう一人はどうでもいい用事でやって来た知り合いの武士らしく、途中、他人の釣りを見物し始めたら、いつまでも腰を上げない。馬鹿馬鹿しくなって、あとをつけるのをやめにした。

だが、見張るというのは、おそらくこういうことがほとんどなのだろう。

中屋敷を見張った桑山も似たり寄ったりだった。

「ただ、わがあるじと親しくしていると思っていた旗本が、付け届けのようなものを持って挨拶に来ていたのは意外だったな」

と、桑山は言った。

だが、村雨は、

「そんなものでしょうな」

と、言った。

「そんなもの？」

桑山が訊き返した。

「おそらく、人をそのように敵と味方にはっきり分けるのは難しいことなのでしょう。ほとんどの者が敵にもなれば、味方にもなる。それは井上たちにとっても同じなのです。こちらの力が確立されれば、やつらの周囲の者も手のひらを返したように変わるし、逆になれば今度は味方が敵になります。それは、井上にしても充分、承知しているでしょう」

「だろうな……」

「だから、頭を片づければ、勝負は終わりです」

「そなた、まだ若いのに、よく、そのように老成した考え方ができるものよな。

わしなどは、敵味方はっきり区別しないとやっていけぬ性質《たち》だ」

「若くはないと思います」

「三十くらいだろう？」

「ですが、わたしはこの十年、半分は死んだような気がしていましたから」

「変わった男よのう」

と、桑山は笑った。

唯一、志田が井上正岑と、薬種問屋の大店《おおだな》〈寿天堂《じゅてんどう》〉との関係をつかんで来た。傘を持った一団が、寿天堂に入ったという証言が出たのだ。濠の向こうから矢を放った連中中だろう。

「もうすこし探ってみる。寿天堂は大奥に出入りしようとしているらしい」

「それは怪しい」

桑山もうなずいた。

## 十二

新井白石の屋敷にもどる前に、村雨広は小川町を通り過ぎ、神田川の河原にや

って来た。お茶《ちゃ》の水《みず》あたりは唐土《もろこし》の赤壁《せきへき》に喩《たと》えられるくらいの急な崖《がけ》になってい
るが、流れのそばまで行くと、草むらがつづいている。
陽は暮れたが、月明かりがある。
ここで剣の稽古をするつもりだった。
秘剣月光。
それは加賀藩にあった武芸書の一つに記されていたのだという。
なんとも不可解な記述だった。
「月光の剣は、上段にあると同時に、下段にもある。
右にあると同時に左にある。
動けばそれは、線であると同時に波である。
波かと思えば、線である。
この剣を遣うものは、生きていながら同時に死んでいる」
というものだった。
新当流の剣の真髄は、速さにある。
村雨広はそう理解している。
足さばき、剣の振り。それは並外れて速い。最初の師匠である佐藤二郎左衛門

も同じ意見だった。

そのための稽古を徹底してつづけた。

それだけでも強くなった。

十八くらいになったとき、新当流を学びながら、浅草寺近くの一刀流の道場にも出入りした。二百人ほどいた弟子の中で、筆頭と言われるほどになった。

そんなとき、この秘剣月光の記述に出会ったのだ。

当初、あまりに速い剣さばきのため、そう見えるのだろうと考えた。さらに速い剣をめざし、

「あまりに速いので、いつ、どこから繰り出されたのかもわからない」

そう言われるようになったとき、この秘剣は完成したのかと期待した。

だが、それでも、線のようだが波のような剣というのがわからない。

波打つ剣はある。しかし、それは悪い見本のような剣で、単に腕がぶれているのだ。繰り出される剣は一直線でなければならない。

では、それは単なる喩《たと》えなのか。

さらに、最後に出てくる心境のようなもの。生きていながら、同時に死んでいる。それはいったい、どういうことなのか。

村雨広は結局、わからなくなって、この二、三年は思い出しもしなかった。

だが、もう一度、試みなければならない。

むろん、月光院さまのおんために。

## 十三

村雨広が川原からもどって来ると、ちょうど屋敷に近い本屋から新井白石が出てくるところだった。

本屋に立ち寄ってから、屋敷にもどって来るのだ。

これは、いつものことである。

この本屋は、本好きの人のために夜遅くまで開けている。村雨もときおりのぞきに来ていた。

ただし、こづかいが乏《とぼ》しいから、本は買えない。だが、これぞという本は用人の西野に強く勧《すす》め、新井家で購入してもらった。あるじもそのあたりを知っているのか、村雨が立ち読みをしていても、文句は言わない。

少し離れて、村雨は警護のようすを見守った。

護衛の武士はぬかりなく周囲を見渡し、白石が駕籠に乗ると、両脇を守りながら歩き出した。

手抜かりはない。

ただ、新井白石の顔に輝きがあった。

嬉しさというか。

もしかしたら、自分も月光院と話をしたとき、ああいう顔をしているのではないか。

――御前が女に？

村雨広は不思議な気がした。

白石が出て行った本屋に、自分も入ってみることにした。

「あ、村雨さま……」

あるじが声をかけて来た。

「うん。いま、御前が来ておられたな？」

「ええ。このところ頻繁《ひんぱん》にのぞいていただきます。行きも帰りも」

「新しい本がどんどん入荷しているのか？」

「いいえ。そういうわけではないのですが」

あるじも不思議らしい。

村雨はそっと店の中を見た。

客が何人かいた。

男が三人、女が一人。女は、四十くらいの女で、着物の着こなしがだらしなくて、見苦しかった。

白石が心を動かされる女とは到底、思えない。

――御前の顔が輝いて見えたのは、どうも気のせいだったらしい。

もっとも、白石がひそかに恋をしていたとしても、それをとやかく言う必要はない。村雨自身、いま、ときめく想いがある。

村雨は苦笑し、店を出た。

十四

志田小一郎はいま、広敷者の仕事から外れている。絵島の特命ということで、別に動いていることになっている。

ただ、しばしば広敷には顔を出す。大奥同心とはいえ、ほかの二人はここまでは来られない。その意味でも、ときどき見回る必要がある。

——この任務は必死でやり遂げたい。

そう思っている。

大奥同心の一人に抜擢《ばってき》されたのは嬉しかった。まさか、自分が選ばれるとは思っていなかった。

そのことは、桑山喜三太にも言った。

「なぜ、絵島さまがわしを選んだのか、よくわからないのだ」

「どういう意味だ？」

と、桑山は訊いた。

「抜擢された嬉しさで引き受けたが、いくら衰えたといっても、伊賀者にわしより腕の立つ者は何人かいる。自分でも腕が悪いほうとは思っていないが、少なくともわしの上に三人ほど腕の立つ者がいる。わしならば、そっちの三人の中から抜擢した」

志田は正直にそう言った。

「志田。それは人柄というものだ。そんなふうに、おのれをいちばんと思わぬ謙虚なところも考慮して、絵島さまはおぬしを選んだのさ」

桑山は志田の肩を叩いて笑った。

——そんな絵島さまの期待に応えるためにも……。

と、志田は思っている。

今夜、広敷でちょっとした騒ぎがあった。

天英院のお付きの女たちが、このところ出現するという魔物を恐がっている。夜中に天守閣のあたりにカラスが出現する。それが女たちに話しかけるというのだ。

天守閣は、五十六年前の明暦《めいれき》の大火で炎上して以来、再建されていない。だが、大きな石組は残っていて、その上にも登ることはできる。

そこに、カラスがいて、声がするので、登ってはみたものの、誰もいなかったという。

「魔物は早く追い払わなければなりませぬ」

と、天英院が言った。

本来、天英院は家宣が亡くなったのだから、大奥から去らねばならない。だが、まだとどまっていた。

天英院の伝手《つて》で、魔物退散の呪術をするという山伏が呼ばれたらしい。

「大奥に入れるのですか？」

と、志田は顔見知りの奥女中に訊いた。

「それはできますまい。だが、お広敷のところまでは呼ぶそうです」

まもなく、山伏がやってきた。大きな身体の男で、ほら貝や、数珠《じゅず》、杖などをやたらとぶら下げ、つづらを背負っていた。

男はふだん呉服屋が着物を並べて見せるあたりに座り、カラスを見たという奥女中たちを勢ぞろいさせて、念を唱《とな》えはじめた。

皆は山伏に頭《こうべ》を垂れ、山伏の念仏を身体にかけてもらうようにしている。

だが、志田小一郎はじっとそのつづらを見つめている。

つづらが、かすかに動いているような気がした。

## 十五

屋敷にもどっていた新井白石が、夜遅くに村雨広を呼んだ。

月光院のことを訊かれるのかと思ったが、それは何も言わない。とぼけているのではなく、知らないのだ。あのことは月光院と絵島だけの内密な話にしておくらしい。

「用というのは、近々、家継さまの寛永寺《かんえいじ》参拝がおこなわれる予定で、そなたたちにも警備のことを検討してもらいたいと思ってな」

「それはいつでしょう?」

「半月ほど先だ」

それならだいぶ手は打てるはずである。

「ご心配ですね」

「村雨。わしは、そっちは大丈夫な気がするのさ。家継さまを表の場で暗殺するなどという変事が起きれば、さすがに中庸《ちゅうよう》を標榜《ひょうぼう》する者たちも、暗殺者へ怒りを抱くに違いない。もちろん、刺客の背後も洗われる。やった者も無傷では済むまい」

「それはそうです」

無傷で済んだらたまらない。正義はどこにあるのだ。

「むしろ、外で狙われるとしたら、絵島さまのほうだ」

「なるほど、確かに」

絵島を排除すれば、大奥の中の力関係が変わる。

そうなれば、家継の次が狙えると踏んでも不思議はない。

「家継さまが狙われるとしたら、それは大奥以外にはあり得ない」

と、白石は厳しい目で言った。

「なんと」

「大奥でのできごとはすべて帳《とばり》の中だ。なにがあっても想像の中のことになる。暗殺などというおぞましいできごとさえ、あったのかなかったのか、うやむやにされてしまう」

「たしかに」

と、村雨はうなずいた。

厳重に守っているつもりで、逆に暗殺のための舞台を用意しているようなものかもしれない。

「いまは月光院さまと絵島さまはぴったり家継さまといっしょにいる。しかも、月光院さまのかたわらには、甲府以来のくノ一もいる。なかなか近づけまい」

「毒は？」

「それも厳重に調べている。しかも、家継さまの召し上がるものは、まず、かならず月光院さまが先に召し上がる」

「そうですか」

「そんなふうに、家継さまは厳重に守られている。それでも、不安なのじゃ。そなたたちがいつもあそこに入れるのなら、問題もないが、そうはいかぬ」

「ええ」

「これを見てくれ」

と、新井白石は絵図を広げた。

お城の本丸の見取り図である。ざっと見ただけでも、広大さは見て取れる。

「極秘の絵図だ。渡せないので、ここでじっくり見てくれ」

「わかりました」

そう言ってのぞきこんだ。

大奥は、江戸の町一つ、いや一つでは足りない二つ分くらいに、女しか住んでいないというところである。

男は将軍ただ一人しか入れない。

しかも、いまは男といってもわずか数え歳で五歳の家継である。

あと十年以上、大奥はまったく無用の場所であるはずなのだ。

その奇妙な場所を見つめた。月光院もここにいるのだ。

直接、守ることはできないが、中にいる者には気づかない盲点があるのではないか。

もし、次の座の利益をもくろむなら、月光院や絵島を狙うような面倒なことをするより、小さな命を狙うのではないか。

――だとしたら、それはもう来ているかもしれない……。

村雨広は、背筋が寒くなった。

## 十六

村雨広はどうしても気になって仕方なくなった。

平川濠のことである。

大奥の真下にある平川濠に誰かが潜んでいるとすれば、それはある夜、石垣をよじ登り、大奥の裏あたりにある天守閣付近に顔を出すのではないか。

――行ってみよう。

村雨広は刀を差し、新井屋敷を抜け出た。

今度は一人で動くつもりはない。桑山と志田の助けも借りるつもりである。

まずは、四谷《よつや》にある伊賀者の組屋敷に向かった。

家の目印などはすでに聞いてある。

訪ねると、志田小一郎は少年に字を教えているところだった。

訳を話すと、嫌な顔一つせず、すぐに同行してくれた。

歩きながら、

「息子か？」

と、訊いた。仕事柄、何があるかわからない。息子一人を残すのはつらいだろう。

「馬鹿言え。わしが長男であいだに四人妹がいて、あれは末っ子だ。わたしとは十八も歳が離れている」

照れ臭そうに言った。

次は桑山喜三太の家に来た。

桑山は平川門からも近い飯田町《いいだまち》に、元旗本の家を間部家が下屋敷として借りていて、そこに妻とともに住んでいる。

会ったばかりのころは、よき父親の姿を想像したが、じっさいには子どもがいないらしい。

ちょうど飯のあと、酒を飲んでいるところだった。

「すまんな。夫婦、水いらずのところを」

「なに、気にするな。あれは一人で飲んでも楽しいのだから」

「酒が好きなのか、ご内儀は？」

「以前、吉原《よしわら》に出ていたのでな」

桑山はさらりと言った。あまりおおっぴらに言いたいことでもないだろう。

「惚《ほ》れて通って、三年前に落籍《らくせき》した」

「そうだったのか」

桑山などはいかにも上司の勧めた女を妻にもらっていそうな感じがする。人というのは、傍目《はため》にはありきたりの人生のようでいて、ちょっとずつ変わったところがあったりする。

「ただの気のせいかもしれぬ。無駄足だったら許してくれ」

村雨は先に詫《わ》びた。

「なに、そんなことはお互いさまだ」

と、桑山が軽い調子で言った。

歩きながら、志田小一郎が大奥であった騒ぎについて語った。

「それで、結局、何もなかったのだな?」

村雨が訊いた。

「とりあえずはな。だが、山伏はまた来るそうだ」

「それだけ皆が見ているところでは、大胆なこともできまいが、しかし気になるな」

「それは臭い。われらも気をつけていよう」

と、桑山が言った。

一橋門、平川門と通って、平川濠に来た。

あたりは静まり返っている。

月の光で充分に明るい。

三人は黙って立っている。

「感じないか?」

村雨が小声で訊いた。

「わからぬな」

「わしもだ」

桑山と志田は首をかしげた。いまは、村雨も感じない。

頭上でカラスが鳴いた。天守閣のあたりである。

「いちおう警戒用の舟がある。一回りしてみよう」

と、志田が言った。

十七

平川門と竹橋《たけばし》門のあいだに、帯曲輪《おびくるわ》という防御壁のようなものがつくられてある。このたもとに係留してあった小舟に乗り込むと、三人はゆっくり水の上に出て行った。

平川濠は、三日月濠、蓮池濠とつづいて、本丸をほぼ半周分ほど囲んでいる。どこか湧水が出るところがあるらしく、昼に見ると水は澄んでいる。いまは、月の光の下で、ねっとりとした質感を湛《たた》えていた。

志田は静かに櫓《ろ》を漕《こ》いでいるが、それでも、
ぎっ、ぎっ。

という音は、石垣で囲まれた中に意外に大きくなって反響する。

「人が潜めるようなところはあるのか？」

と、桑山が志田に訊いた。

「さあ。そんなことは考えてもみなかった。まだ、水は冷たいだろう?」

桑山が手を入れて、

「ああ、冷たいな。とても潜めるところではないぞ」

と、言った。

平川濠から三日月濠に来た。

ここも静かである。周囲の石垣はいっそう高くなる。

だが、この石垣を登り切ると、本丸の天守閣のところに出るはずである。

「このあたりは蓮《はす》や水草が多いな。櫓にからんでくる」

と、志田が言った。

「では、引き返すか?」

桑山がそう言ったとき、

「ちょっと、待ってくれ」

と、村雨が言った。

「どうした?」

桑山が訊いた。

「そっちに寄ってくれ。そこに魚の死骸があるだろう」

小さめの鯉《こい》だろう。

村雨は手を伸ばし、それをすくい上げた。

まだ新しい死骸である。

「これを見ろ。刀の斬り口だぞ」

まるで魚を三枚に下ろすときのように、両脇がきれいに削《そ》ぎ取られている。

「これは、食ったんだ」

「ほんとだ」

桑山が唖然《あぜん》としている。

「そっちにも」

村雨が指差すうち、桑山が拾った。

鮒《ふな》である。やはり、両側の肉が削がれている。

ピクリ。

と、頭と骨の鮒が動いた。

「まだ食ったばかりだぞ」

「………」

三人は周囲を見回した。

桑山は弓に矢をつがえ、村雨は刀に手をかけた。志田も櫓を漕ぐ手を止めて、懐に右手を入れている。手裏剣が入っているのだろう。

ジャブ。

という音がして、三間（約五・四メートル）ほどの向こうに人の頭が浮いた。

「へへっ」

それは笑った。意外に無邪気そうな笑い声だった。

「曲者」

桑山が弓を放った。同時に志田も手裏剣を撃っている。だが、曲者の頭はもう水中に引っ込んでいた。

さらに、もう一本ずつ打ち込んだ。

「やったか？」

と、志田が言った。

三人が目を凝《こ》らしたとき、ふいに背中のほうから、

ガバリ。

浮かび上がったものが村雨めがけて斬りつけてきた。

「うおっ」

横に払われた剣の切っ先を、のけぞるようにしてかわした。

あやういところだった。

## 十八

一瞬、二人いるのかと思った。三間ほど向こうで消えた頭が、舟の後ろに回るまで、あまりにも速かったからである。

だが、次にすぐさま舟の逆側から浮き上がり、桑山に剣を突き出した顔を見て、一人なのだとわかった。

短めの総髪をひっつめにし、素っ裸で刀を手にしている。余計な肉がない、だが、隆々たる身体つきをしていた。

「あっ」

桑山もすばやく逃げたが、船首のほうにいた分、刀の切っ先が届いてしまった。

それは桑山のふくらはぎを突いた。

「しまった」

桑山は顔をしかめた。袴《はかま》をめくると、血が流れ出ている。かなり奥まで切っ先が入ったようである。

すぐに手ぬぐいを取り出し、傷口を縛った。

「岸にもどったほうがいい！」

村雨は言った。どこから出てくるのかわからない。やはり、明かりに乏《とぼ》しいし、三人がいる舟の中では充分に動くことができない。

これで水の中に引き込まれでもしたら、大変なことになる。

「おう」

志田は櫓を漕ぐ手に力を込めた。

だが、舟の速度が遅くなっている。

「なんだ、これは」

志田が不安げに言った。

「逆に引っ張られているぞ」

村雨が言った。

「駄目だ」

志田がそう言って、櫓を水から出した。

櫓が半分に割られている。これでは水をかく力も半減する。

横揺れが始まった。

水中をのぞくが、どこにいるかわからない。船底にへばりついているのだろう。だが、息つぎはどうしているのだ。

「くそっ」

ザッバーン。

大きな水音がして、人影が躍《おど》り上がった。二間ほど向こうである。それは、信じられないほど高々と飛んだ。

桑山が矢を、志田が手裏剣を放った。

空中にいるときに放ち、水中に落ちたときまた放った。

カッ、カッ、カッ、カッ。

矢と手裏剣の音が四度した。乾いた音である。

矢と手裏剣が突き刺さったそれは、さらに近づいて来た。桑山と志田はまた、矢と手裏剣を放った。

カッ、カッ。

命中している。が、音は違う。

「よせ。無駄だ」

村雨は止めた。

板に当たっている。それを盾《たて》にして、あいつは浮かび上がってきたのだ。

今度は逆だ。また、水面下から空中へ飛び出した。

矢を放ち、手裏剣を撃った。二本ずつである。

命中はしても、倒すことができない。

「もう、よせ。矢が尽きるぞ」

と、村雨は言った。

板の盾に当たるだけである。その板の浮力があるから、あれほど高く空中に飛べたのだろう。

「本当だ。すでに七本放った」

桑山は小声で悔しそうに言った。

「残りは？」

「一本しかない」

桑山がそう言うと、

「わしも同じだ」

と、志田もつぶやいた。

八本ずつ持っていた。武芸者にありがちで、おそらく縁起《えんぎ》をかついだのだ。末広がりの八本。ふつうならそれだけあれば充分なのだ。

## 十九

「あいつはこれを待っていたのだ。武器を使い果たすのを」

と、村雨広は言った。そして、次の誘いで終わることも知っているのだ。桑山の矢立てに予備の矢はなく、さっきまで両手に構えていた手裏剣も、いまや右手に一本を持つだけである。

「次に出てもあんたたちは撃つなよ」

と、村雨は言った。

「どうするんだ？」

「わたしが行く」

「え？」

桑山が不思議そうに村雨を見たとき、

ザッバーン。
またしても躍り上がった。
ほぼ二間先。
「とあっ」
村雨が宙を飛んだ。二間の距離を飛んで、真上から剣を振り下ろした。
「うわっ」
敵の驚いた声がした。
手ごたえはあった。が、充分ではなかっただろう。
村雨は急いで舟にもどろうとした。
追って来る気配がある。
「撃ってくれ」
村雨は叫んだ。
桑山と志田が矢と手裏剣を放った。
どすっ、どすっ。
音は乾いていない。命中している。それでも、背中に迫ってくる。
村雨は振り向いた。

相手が斬りかかってきた。これを刀で受けた。そのまま押し合いになる。

さっき村雨が振るった剣は、額《ひたい》を割っていた。さらに、相手の肩には矢と手裏剣が突き刺さっている。

それでも凄《すご》い力で押して来る。

水中なので足がどこにも着いていない。村雨は力を入れにくい。体をかわすのもままならない。

そのとき、志田が舟から飛んだ。

高々と飛び、空中で自分の刀に足をかけ、その勢いで敵の肩口に乗った。

「ぐあっ」

ついに、男が離れた。

さらに村雨が突いた。これはとどめだろう。

もう、敵は水音を立てることもなく、水面に横たわっている。

二十

志田が、半分になった櫓を必死で漕ぎ、急いで岸にもどった。

あんなのがほかにもいたら、とても戦い切れない。

三人は這《は》うようにして陸に上がり、腰を下ろしたまま、戦いがあったあたりの水面を見た。敵はもう、静かに浮いているだけである。

「凄かったな、いまのは」

村雨がつぶやくように言った。

「ああ、あやうかった」

志田がうなずいた。

三人がかりでやっと倒したのである。

「忍者か？」

と、桑山が志田に訊いた。

「たぶん。だが、あれほどの術者は、かつてならともかく伊賀者にはおらぬ」

と、志田が呻《うめ》くように言った。

「甲賀か？」

「いや、甲賀にもおるまい」

「風魔《ふうま》か？　あるいは根来《ねごろ》あたりか？」

桑山が訊いた。

志田はそれにも首を横に振り、

「ちらりと聞いたことがある。紀州に不思議な術を使う忍びの集団がいると。いままでさほど目立つ活躍をしなかったので知る者は少ないが、逆に戦国の技を色濃く伝えているのだと」

「やはり、紀州か」

と、村雨は言った。

徳川吉宗が動き出している。むろん、その証拠など見つかるわけはない。あの男にしても、いくら調べようが身元などわからない。

「足はどうだ」

村雨は桑山に訊いた。

「うむ」

歩いてみるが、刺されたほうにひどい痛みが走るらしい。

「しばらくはまともに歩けまい」

桑山は悔しそうに言った。

弓矢を放つには差し支えないが、動きは制限される。

「この役目は、誰かに替わってもらうか。おぬしたちに迷惑をかけることになりそうだからな」

「いや、たとえまったく動けなくなっても、桑山どのに優《すぐ》る者はおられまい」

と、村雨広は言った。

本心だった。

# 第三章　月光

## 一

紀州藩上屋敷は、御三家の尾張や水戸《みと》に比べて、敷地はだいぶ狭い。尾張藩邸がほぼ七万八千坪、水戸藩邸はおよそ十万坪ほどあるが、紀州は二万五千坪しかない。

もっともすぐ近くにある中屋敷や下屋敷などを入れれば、そう大差なくなるのだが、吉宗にはこれが不服である。

――紀州は代々、軽んじられている。

つねづねそう思ってきた。

その紀州藩邸の奥の部屋は、いま、沈鬱《ちんうつ》な雰囲気がこもっていた。

江戸に連れてきた忍者のうちの一人である鮫吉が、昨夜、潜入していた平川濠で殺害された。

その遺体は、なんと紀州藩邸の前に置かれていたのである。

とはいえ、この遺体を紀州藩が引き取るわけにはいかない。密偵を本丸の平川濠に潜ませておいたことを認めることになる。

すぐに下男に命じ、行き倒れとして遺体の始末をさせた。紀州藩とは縁もゆかりもない寺に、無縁仏として葬ったのだ。

「鮫吉は、お庭番となる日を楽しみにしておりました」

と、江戸詰めの川村一族の者が言った。

名を川村左京《さきょう》という。国許にいる一族の頭領、幸右衛門のいちばん末の倅《せがれ》である。

むろん、この男も忍びの術は使う。先だっては、何人かと連れ立って大奥を見張り、月光院の駕籠が動くのを見て、空から矢を撃ち込んだ。

とはいえ、国許で技を磨いている忍者たちと比べたら、やはり比べものにならない。むしろ、事務能力に長《た》けていて、上屋敷で他藩との外交などの仕事に従事していた。

「そうか」

徳川吉宗の顔が悔しげに歪《ゆが》んだ。

それは川村幸右衛門にした約束である。将軍になった暁《あかつき》には、そなたたちをお庭番として召し抱えると。

お庭番とは、いかにも軽輩《けいはい》めいた呼び名だが、大事な密命を課し、それを果たしてもらう。むろん、かなりの禄《ろく》を与えるつもりである。

「平川門の警護の者に斬られたとされておりますが、やったのは大奥同心の三人であることは間違いありません」

「間部の手の者だな」

「桑山喜三太と申す者は間部の家中です。それに新井白石の家来で村雨広、御広敷伊賀者だった志田小一郎と申す者」

「たった三人か」

吉宗はそう言って、両方の手を動かし始めた。

手には一尺（約三十センチ）ほどの鉄の棒を握っている。握り易《やす》くするのに、真ん中あたりがへこんでいる。重さは一つ二貫目（約七・五キロ）。これを一日中、振り回すようにしている。

目的は刀を軽く振ることができるようになるためである。じっさい、刀はずいぶん軽いものに感じている。

「ですが、鮫吉を倒したほどですから、かなり腕は立つのでしょう」

と、川村左京は言った。

「井上の下屋敷に忍び込んだというのも、そやつらかな?」

「おそらく。証拠は摑んだとか思わせぶりなことを言って去りましたが、先に仕掛けて、こっちがどう動くかを見ていたのでしょう」

「おそらく」

「井上のところから報《しら》せに来たのも見られていたわけか」

「それで、こうして鮫吉の遺骸をわしの屋敷の真ん前に置いて……」

吉宗の顔が屈辱で赤くふくれた。

「いまも、この藩邸の動きを見張っておるのでしょうか」

「そうであろうな」

「どういたしましょう?」

「どうもこうもあるまい。いま、雑魚《ざこ》と争っているゆとりはない。目的は一つ、そやつらが邪魔立てするときは倒す。それしかあるまい」

吉宗は吐き捨てるように言った。

二

吉宗が推測したとおり、大奥同心の三人は、紀州藩邸の動きを見張った。それぞれが藩邸の周囲をうろつき、怪しい動きに目を光らせたが、とくにそれらしいことはなかった。

もっとも、三人もさほど期待はしていなかった。

このため、足を怪我した桑山だけは、二日目には見張りから手を引き、別の伝《つ》手《て》で紀州の内部を探った。

鮫吉を倒して四日目の夕刻――。

三人は別々に平川門内の詰所にもどって来た。

「どうだね、足の痛みは？」

駕籠から降りた桑山に、村雨広が訊いた。

桑山の怪我で、間部詮房は駕籠を一台まわしてくれていた。

「今日はだいぶよかった」

傷は動かすと激痛が走るけれど、幸い痛みだけで、大事な筋が切れたということはなかったらしい。

半月ほどすれば、歩くことはできるようになるだろう。

「それより面白い話をつかんだ」

と、桑山は声を低めた。

「なんだ？」

村雨は訊いた。

「吉宗が紀州藩主になる前、兄たちが相次いで亡くなった。このため、まったく出番は考えられなかった吉宗が藩主の座に座ったが、紀州内部でも吉宗が兄二人を暗殺したという話がずいぶん囁《ささや》かれた」

「それはわたしも聞いた」

と、村雨は言った。屋敷では、用人の西野だけでなく多くの者がその噂を囁いている。

「それを実行した者たちは、吉宗の実母の縁者で、川村一族という連中だそうだ」

「川村一族？」

「志田がこの前語った忍者もそいつらのことだろう。熊野周辺の豪族だが、呪法と忍びの術に長《た》けている。その中には、水の中を得意にして何日も海底で忍んでいるような忍者もいたらしい」

「あいつか」

「ほかにも、異様な得意技を持つ者が何人もいる」

「たとえば？」

「これは尾張から入った話だが、奇妙なからくりを使う者と、不思議な剣の遣い手を見かけたそうだ」

「不思議な剣？」

「なにせ、得体の知れない連中らしい」

桑山は眉をひそめた。

「川村一族という名は知らなかったが、そいつらの話は、伊賀者のあいだでも話題になったことがある」

と、無口な志田小一郎が言った。

「どんな話だ？」

村雨が訊いた。

「そいつらは、戦国のときはほとんど目立たずに終わった。それは、力がないのではなく、なりゆきを見守ったためなのだと」

「では、機に乗り遅れたのではないか」

「そうも言えるが、そいつらは山の幸、海の幸にめぐまれ、豊かに暮らすことができていたというのも出遅れにつながったらしい。ただ、百年経《た》ち、いよいよわれらが表に出るときが来たと、そうした盛り上がりも出ているそうだ」

と、志田は言った。

「その川村一族が江戸に入って来ているかもしれないわけだな」

桑山は手にした弓の弦《つる》を鳴らした。

あの水の忍者のような連中が次々に出てくるなら、それはうんざりした事態になりそうだった。

三

村雨広は、下谷稲荷町《したやいなりちょう》の林柔寺《りんじゅうじ》を訪ねた。

「ご無沙汰をいたしました」

「おう」

月光院の父である。佐藤二郎左衛門といったが、いまは僧名がある。たしか、玄哲《げんてつ》と言ったのではないか。

だが、村雨はいまだに「お師匠さま」と呼んでいる。

「そなたに新当流を教えたのはまずかったかと、ときどき後悔していた」

「何をおっしゃいます。わたしなどは、ほかの剣法だったらとうに飽きて、いまごろはろくろく剣も振っていなかったでしょう」

「さようか」

「深いです、卜伝の剣は」

「まさか、そなた、まだ、秘剣月光を？」

「しばらく忘れておりましたが、ふたたび試みてみようと思いました」

「そうか」

「お師匠さまは？」

「師匠はやめてくれ。もうずっと剣など握っておらぬ」

「なにか手がかりのようなものは？」

「わからぬ。そなたはやはり、速さにあると見ているのか」

「でなければ、あの言葉は」

「うむ。不思議な言葉だ」

手元に書付はなくても、二人とも文言ははっきり覚えている。何度、暗誦《あんしょう》したことだろうか。


月光の剣は、上段にあると同時に、下段にもある。

右にあると同時に左にある。

動けばそれは、線であると同時に波である。

波かと思えば、線である。


かつての師弟をさんざん悩ませた文言だった。

「村雨、ちと振ってみよ」

「ひさしぶりですね」

「わしは相手をせぬ。見ているだけだ」

「わかりました」

村雨広は池のそばに立ち、静かに剣を抜いた。

それから、剣を振る。

上段、中段、下段、八双、脇構え。

さらには三方斬り、四方斬り……。

凄い速さである。

「ふつうの者が見たら、本当に剣は上段にも下段にも、右にも左にも見えるだろうな」

「ふつうの者にはですね」

「だが、腕の立つ者にはやはり一振りの剣にしか見えぬ」

「そうなのです」

「もう少し速くなるか？」

「やってみます」

目にも留まらぬ速さとはこのことだろう。

村雨広は十人の敵を想定している。十人が次々に攻め寄せてきて、それらを相手にしている。

師匠が近くに落ちていた棒を放った。薪《まき》の一本が落ちたのか、当たればかなり痛い棒である。しかも、元剣術指南の投げるものだから、矢のような速さで村雨めがけて飛んだ。

しゃっ。しゃっ。しゃっ。しゃっ。

三度、空中で斬った。

棒は四つに分断され……いや、違った。最初の一つが二つに、その二つがさらに斬られて、四つほどのかけらになって落ちた。

「やはり、それではないか」

と、師匠は言った。

「そうでしょうか？　本当にそうなのか、お訊きしようと思いまして」

「無理だ。わしはもう、そなたに教えることなど何もない」

寂しげに首を横に振った。

四

汗が吹き出てきた。

村雨広は、池の端の石に腰を下ろし、汗を拭いた。

それから師匠を見て、

「月光院さまにお会いしました」

と、言った。

「…………」

師匠の顔が強張《こわば》った。

いつの間にか手にしていた数珠を軽く鳴らした。

「驚きました」

「そうだろうな」

「そうか」

「思ったよりお変わりはありませんでした」

「偶然にも、月光院さまのために動くという仕事を仰《おお》せつかりまして」

「偶然なのかはわからぬぞ」

「とおっしゃいますと？」

「大きな運命のようなものがあるかもしれぬ」

「運命」

であれば、なんと皮肉で過酷な運命なのか。

「せつなかったであろうな、再会は」

と、師匠は静かな声で言った。

「そうですね」

「いつだったか、そなたは、あれのことをいつまでも忘れられないのかと思った」

「未練がましいのでしょう」

「そうではない。深く刻《きざ》み込まれてしまったのだ」

「そうかもしれません」

「わしは愚かだった」

と、師匠は静かな声で言った。

「なんと？」

「浪人のつらさに自分が辟易《へきえき》していたため、お輝も浪人の妻はかわいそうなどと思ってしまった。だが、そんなことはない。浪人の妻だろうが何だろうが、人は好きな相手とともにいることが幸せなのだ」

「………」

「そなたが新井白石の家来になったと聞いたときから、そんな日が来るのではないかと思っていた」

来ないほうが村雨は楽だったはずである。

だが、来てくれてよかったとも思っている。

「……」

五

新井白石は城からもどる途中、本屋に寄ろうとしていた。

自分でも困り果てていた。

昨晩も寄った。今朝も城に行くときに立ち寄った。

お蝶《ちょう》に会いたいためである。

なぜ、あの女にこれほどまで会いたいのか。

昨晩は、本屋のあるじに氏素性《うじすじょう》について聞いていた。女の名もそのときに教えてもらった。

上方《かみがた》から出て来た兄と妹で、知り合いに頼まれ、二階を貸すことになったという。

「お蝶の兄は目が見えぬのです」

と、あるじは言った。

「ほう」

「そのかわり、学問はしっかりおさめているようです。それで仕官の伝手《つて》を探しているのです」

「仕官したいのか？」

「だそうです。目が見えぬのに仕官の道などあるのでしょうか？　もっとも、以前は京で禄を得ていたといいますから」

「禄を？」

「なんでも天子さまに仕える武士の陪臣《ばいしん》だったようです」

「そうか」

「いい娘ですよ」

と、あるじは言った。白石が娘に興味を持っていることを感じ取ったらしい。

「いい娘？」

「ええ。素直だし、兄のために一生懸命だし」

だが、新井は一筋縄《ひとすじなわ》でいくような女ではないと思っている。

異様な美貌だと思う。

だが、ここのあるじなどはそんなふうには思っていないらしい。

自分にだけ、そう見えるのか。

白石は、官能にも火がついている。あの娘と床をともにできたら、そのまま死んでもいいとさえ思っている。

いったい、自分のような自他共に認めるカタブツのどこに、こんな欲望が潜んでいたのだろう。

もしかしたら、自分に罠《わな》を仕掛けようとしているのか。

それでもかまわない。

そのときは、あの女と刺し違えるだけ。

白石は、自分の中にそんな気持ちがあることに驚いていた。

六

村雨広の部屋に、西野の娘の綾乃がやって来た。箒《ほうき》とはたきを持っている。

「掃除に参りました」

「いや、掃除などは自分でやれる」

「でも、汚いですよ」

と、部屋の隅を指差した。埃《ほこり》が溜まっている。

「汚いとおなごにはもてませんよ」

「かまわぬよ」

もてたいなどと思ったことがない。好《す》いた女に好かれたいだけである。好いた女は一人しかいない。

「そうですか。わたしも村雨さまがもてないほうが嬉しいです。競う相手が減りますから」

「………」

率直さに圧倒される。

「お食事は？」

「うむ。食べたくない」

昨夜、遅くに夜鳴きそばを食べた。しかも天ぷらを二つも入れたやつを。抜いてもいいくらいである。

「それではお身体によくありません。あ、母屋《おもや》のご飯がまだ残っていました。いま、おにぎりにして持ってきます」

「そんなことはせずとも……」

と、声をかけるが、行ってしまった。

まっすぐに思いをぶつけてくる。

あけすけというのではない。

むしろ、自分の気持ちにまったく後ろめたいものがないのを知っているからだろう。

まもなく、おにぎりを持ってきた。

大きめのものが二つ。沢庵《たくあん》とかぼちゃの煮たやつにお茶も添えられている。

「召し上がってください」

「では、いただこう。うまい」

「ありがとうございます」

「あのな、綾乃さん」

「はい」

まっすぐ村雨を見つめてくる。まぶしいくらいである。瞳も大きく、澄んでいる。光を放ちながら、人を引き寄せる力がある。

「わたしは、若い娘にそんなふうに見つめられたのは三度目だ」

「前の二回はどうなりました？」

「男をそんな目で見てはいけないと、思い切り尻を叩いてやった。綾乃さんも尻を叩かれたくなかったら、わたしを見ては駄目だ」

「でも、好きだからどうしようもないのです」

「年寄りをからかってはいけない」

「年寄りだなんて、お若いじゃないですか」

「身体はどうにか動いているが、心は杖をついて、やっと歩いている」

手で杖をつく真似までしてみせた。

「まあ」

「わたしには好きな女がいるのだ」

「そんなことは知っています」

「知っている？」

「女はわかるのです。自分にまるで気がないこと。村雨さまがどこか上の空なこと。ときに瞳に熱い輝きが宿ること」

「………」

「でも、うまくいっているわけではありませんでしょ？」

「……」

うまくいくことは絶対にない。

「だったら、あたしは思いをぶつけてもよいのだと思います。いつかきっと、村雨さまは振り向いてくれるから」

そんなふうに思えるものなのだろうか。

七

翌日は——。

いかにも春めいた暖かな日になっていた。

詰所に絵島がやって来た。絵島の着物がまた、いかにも春らしく華やかなものである。裾《すそ》で菜の花が咲き乱れ、胸元で蝶々が乱舞している。

嬉しい報せでも持って来てくれたかと思ってしまうが、表情のほうはそうでもない。

絵島はまず、桑山の足元を見て、

「どうですか、足の具合は？」

と、訊いた。

「おかげさまで、思ったより早くよくなりそうです」

桑山は立ち上がり、歩いてみせた。

片足を引きずるが、ちゃんと地面にしっかりつけている。

絵島は大奥出入りの医者をこっちに回してくれている。将軍も診《み》る優秀な医者である。処方される薬も、まともに金を払ったら、いくらになるかわからないというものだろう。

また、ここ数日は、志田の勧《すす》めで薬食いをした。猪肉《ししにく》の味噌漬けである。これも効いている気がする。

「よかったですね」

「何かありましたか？」

と、桑山は訊いた。

「家継さまと月光院さまの代参で、わたしが寛永寺に行く用事ができました」

将軍家は仏事が多い。代々の将軍だけではない。いったい何人の菩提《ぼだい》を弔《とむら》っているのか。

「いつですか？」

「二月の二十五日です」

今日は二月の十二日である。

「月光院さまは、そなたも狙われるとおっしゃいます」

「そうかもしれません」

と、桑山はうなずき、村雨と志田を見た。

「それはありうるでしょう」

と、村雨は言った。

絵島がいなくなれば、月光院の大奥における力は小さくなる。絵島が失敗をしでかせば、月光院の責任も問われる。

それくらい、二人の結束は固い。

たぶん、性格はまったく違う。弱々しく、つい助けたくなる月光院。男まさりの絵島。だが、その奥には反対の性格もあるはずである。いざとなれば強い月光院。意外にもろく女らしい絵島。

それくらい違っているから、逆に気も合ったのだろう。

「とりあえず、その参拝はなにごともなく終わらせなければなりますまい」

と、桑山が言い、村雨と志田がうなずいた。

# 八

老中の井上正岑が、城の控えの間にいた徳川吉宗のところに来て、

「絵島が今月の二十五日に、月光院さまの名代で寛永寺に参拝しますぞ」

小声でそう言った。

「寛永寺にですか」

吉宗はとくに気がなさそうに言った。

相変わらず鉄の棒を握り、たえず振ったり持ち上げたりしている。初めて見る者は驚くが、すぐに気付かなくなる。

吉宗は少し変わっているが、無邪気な人柄なのだと思ってしまったりする。

「これを利用しますぞ、わたしは。絵島を失脚させる種にするのです」

「どうやってですか？」

「駕籠を襲わせます。警護は破られ、一行はさんざんな目に遭《あ》います」

「絵島を殺すのですか？」

吉宗は驚いたように訊いた。

「いいえ。絵島は殺しませぬ。ま、ちょっとくらい傷をつけてやってもいいでしょうが」

「それでどうなります？」

「そこへ、わが家中の藩士たちが通りかかり、曲者《くせもの》たちを追い払います。わたしはこれを種に、警護の不備、油断をなじります。もし、あれが代参ではなく、月光院さまであったら、いったいどうなっていたかと」

「なるほど」

吉宗は感心したように言った。だが、内心ではあまりにもありきたりの策だと笑っている。こんなくだらぬ策は、矜持《きょうじ》が許さない。

「大奥の形勢はいっきに天英院さまに傾きます。天英院さまは、むろん吉宗さまを支持しておられる。いずれ、お力になってくださるはず」

と、井上は自慢げに言った。

井上もむろん、家継を早いところ排除したい。だが、そう簡単なことではないと思っているのだ。

徐々に間部の一派の力を削《そ》ぎ、いざというときにいっきに勝負に出るつもりである。その際は、家継を毒殺することになるだろう。

そんな井上の戦略は、吉宗も想像がつく。

——なんと迂遠な。

そう思っているが、井上を止めはしない。むしろ、感謝しているようなふりをしている。

「では、また、ご報告に参りましょうぞ」

そう言って、井上は下がって行った。

「左京」

と、吉宗は呼んだ。

「はい、ここに」

隣の部屋の襖が開いた。川村左京がいた。

「聞いたな、いまの話は？」

「はい。陳腐な仕掛けでございますな」

と、左京は笑った。

「いや、井上のはそれでよいのじゃ。それにわれらも乗ろう」

「はい」

「その日、大奥同心たちも動くだろう」

「動きます。絵島が護衛を頼みました」

「ぎりぎりになって、あの連中を動かそう」

「わかりました。お城の警備はひどいものです。いざというときまともに戦える者などほとんどおらぬありさまです」

「だろうな」

それは吉宗も城に行くたび思うことだった。

「さて、誰が成功するか楽しみじゃな」

「はい」

「わしは最初、鮫吉が早々と成功するように思っていた。まさか、いちばん先にやられるとはな。予想というのはくつがえるものよの」

「御意《ぎょい》」

と、川村左京は、深く頭をつけた。

## 九

この日――。

詰所にもどったのは村雨広がいちばん早かった。

見張っていたわけでもないだろうが、絵島が顔を出し、時節の挨拶のようなことを言ったあと、

「あなた、月光院さまの恋の話を聞かせて」

と、絵島は言った。瞳が輝いている。少女の顔だろう。

「他人の話を聞いてどうするんですか」

村雨広は笑った。

「好きなの。他人の恋の話を聞くのが」

「ふうむ」

「恋っていろいろなの。好きな相手もさまざまなら、好きになり方もさまざま。そんなの恋って呼べるのかというのも多いわ。ただの好みに打算をまぶしただけでしょって」

「そんなにいろいろですか」

「あたしは大奥でも、奥女中たちの話を聞いてあげてるわ。あの者たちだって話したくてしょうがないの。それで信頼を得ているみたいなものよ」

「それは、それは」

思わず笑ってしまう。

大奥版の井戸端会議みたいなものだろうか。

「恋をしない人は駄目ね」

「そうですかね。あんなつらいもの、しなくてすむなら、それでもいいと思いますがね」

とは言ったが、もしもお輝がこの世にいなかったら、自分の人生はどんなに寂しかっただろう。

「天英院さまは恋をしない人」

「ほう」

「家宣さまのこともさほど好きではなかった。月光院さまのようには」

「……………」

月光院は、家宣のことをそれほど好きだったということか。

村雨広の胸のうちに、強い妬心《としん》が湧いた。それは、一瞬、息をするのも苦しくなるくらいだった。

もちろん、亡くなった男へのやきもちなど、意味がないとはわかっているのである。

「絵島さまは？」

　と、村雨広は訊いた。

「あたしは内緒」

「激しい恋をしそうだ」

　村雨がそう言うと、絵島は横を向き、つらそうな顔をした。

「それより聞かせて。あなたと月光院さまの思い出を」

「そんな、何もないものを」

「何もなくはないでしょう。咎《とが》めを心配しているのですか？　大奥に入ってからならともかく、入る前のことまでとやかく言う者はおりませぬよ」

「何もありません」

　村雨はきっぱりと言った。

「いくつまでいっしょにいたのです？」

「わたしは十九、月光院さまは十六の歳まで」

「それで何も？」

「ええ」

　手も握らなかった。思いを打ち明けもしなかった。

「でも、見つめ合ったでしょう?」

「あ、それは……」

見つめ合った思い出はある。

浅草の寺町《てらまち》を流れる小さな川に架《か》かった菊屋橋《きくやばし》。その上でちょうど出会った。姿を消すまではまだ半年ほどあっただろう。

村雨は出かけるところ、お輝は買いものからもどったところ。お輝の真後ろに夕陽があった。

眩《まぶ》しくて目を細めると、お輝が村雨を見つめていた。

二人とも立ち止まった。

お輝は少し口を開いた。大事なことでも言おうとしたのか。結局、なにも言わなかった。それがいつまでもいぶかしかった。

寺町の、長くまっすぐな道。小さな橋。せせらぎ。人のざわめき。

そのときの夕陽がまるで火の山の噴煙のような色で、いまも目のいちばん底のあたりに残っているような気がした。

# 十

「きゃははは」

無邪気な声がした。

大奥の庭で、将軍家継が遊んでいる。

同じ歳の遊び友だちが二人いる。どちらも大身の旗本の倅《せがれ》である。

家継が泣かされた。

奥女中がその子を叱ろうとすると、

「叱ってはいけませぬ」

と、月光院は止めた。

「でも、月光院さま、乱暴は」

「それくらいの乱暴を恐がるようじゃ、男の子《おこ》としてしょうがありません。いいんです、泣かされても」

そう言ったあと、

――そういえば、村雨広にも泣かされたことが。

と、思い出した。

意地悪をされて泣いた。まだ、あの長屋に引っ越して行ったばかりのころではなかったか。

だが、意地悪されることがどこかで嬉しかったような覚えもあるのだ。村雨広に特別に扱われたような気持ちだったのか。

おそらく、子どもには子どもの、大人にはわからない複雑な思いがあるのだ。

だから、あまり口を出さず、見守ってあげることが大事なのではないか。

「もう少し、友だちが多くてもいいのかもしれませんね」

「そういえば、遊び相手にしてもらいたいと、絵島さまのところに誰かお旗本から申し出があったとか」

「あら、そう」

その絵島がやって来た。

「絵島。家継さまの遊び相手になりたいとの申し出があったのですってね？」

「ええ。いま、その家の身元などを調べさせようと思いまして」

「あまりそのようなことをうるさく言わなくてもよろしいですよ。当人が遊びに来られては困りますが、五歳の子どもだけが来るのでしょう」

「それはそうです。では、決めましょうか」

「そうして。遊び相手は多いほうがいいと思いました」

月光院は母のまなざしで家継を見ながら言った。

## 十一

釈迦ケ岳の不動坊は、紀州藩邸の庭でうろうろ歩き回っていた。山伏姿で、手には錫杖《しゃくじょう》を持ち、大きなつづらを背負っている。ふと、立ち止まり、誰にともなく訊いた。

「どうじゃ、苦しいか？」

「大丈夫」

返事はつづらの中からした。

不動坊がつづらをそっと下ろし、どこかをかちゃりと言わせた。すると、観音《かんのん》開きのように真ん中が割れ、中から子どもが現われた。

羽織袴で髷《まげ》も結《ゆ》っている。

目が大きく、悪戯《いたずら》っぽい顔立ちをしている。口元や顎《あご》のかたちに不動坊の面影もある。

「もう少し翼を大きくしたいので、そうなると、そなたの場所が狭くなってしまう。すまんがそう長い時間ではない。辛抱してくれ」

「わかりました」

「そなたとよく似た子どもが、将軍の遊び相手になることが決まった。もうじき、そなたの出番がやって来るぞ」

「はい」

「稽古はしているな?」

「やっています、父上」

「見せてみよ」

不動坊がそう言うと、子どもはちょこちょこと数間離れ、満面に笑みを浮かべた。

「家継さま。こっちだよ、こっち、こっち」

いかにも子どもが鬼ごっこでもしている風情《ふぜい》である。

手を差し伸べながら駆け出した。

その途中、子どもの右手は背中のほうに回った。

子どもは笑みを浮かべたまま立ち止まった。同時に、後ろにあった右手が、すばやい動きで前に回り、まっすぐ突き出された。

「家継さま。お命、ちょうだい」

子どもの手に、白く光る短刀が握られていた。

十二

白石が本屋に入ると、お蝶がすばやく寄って来て、

「新井白石さまなのですね」

と、言った。あるじから聞いたらしい。

「ああ」

「じつは、お願いがあります」

小声で言った。

「遠慮なく言ってみなさい」

「ここではお話ししにくいのですが」

「では、一席、設けようか？」

本気で言った。そういうことが多くなっている。

「そんなことは畏《おそ》れ多いです。お外を歩けませんか？」

「ああ、かまわんよ」

「お付きの人たちがいますよ」

「十間ほど離れさせておこう」

飯田川に架かる橋の上に来た。

「梅の香が匂いますね」

「そうじゃな」

白石は固くなっている。なぜ、話すことが見つからないのか。昼間はずっと話しつづけていたのに。

「言いにくいです」

「わしは何か頼まれごとはないかと期待していた」

「まあ」

「役に立つことくらいしかできぬ。わしにできることがあれば、何でも言ってくれ」

「なぜ、そんなにおやさしいのでしょうか」

「それは……そんなことより、何かな？」

「兄を雇《やと》ってもらえないかと」

「ほう。学問は？」

「もちろん。兄は天文学と本草学《ほんぞうがく》では学者も顔負けです」

「天文学？　目が見えぬのに？」

「兄の目が見えなくなったのは三年前です。それにいまも、まったく見えないわけではありません。昼間のごちゃごちゃした景色は見えなくなりますが、夜の中にかんたんな光があるようなものはよく見えるのです」

「ほう、面白いのう」

「でも、無理ですよね。それはわかっているのです」

と、お蝶はうつむいた。

白石はうつむいたお蝶の顔をのぞき込むようにした。閉じられた唇がひどく愛らしく、白石はその唇に自分の唇を合わせることができたらと熱望した。

「無理でなどあるものか」

「え？」

「わしが雇おう」

「まあ」

お蝶の顔が輝いた。妖艶《ようえん》な美しさは消え、少女の面影がのぞいた。

「すぐ、屋敷に移ってまいれ」

白石はそう言って、急ぎ足で駕籠にもどろうとした。

その後ろ姿に、お蝶が言った。

「わたしともども、よろしくお願いします」

十三

「助かった」

川村白兵衛は薄く笑った。

「役に立てて嬉しいよ」

と、蝶丸は言った。やや、男の言葉、男の顔になっている。

「これで、お城にお供できる日も来るだろう」

「あたしが頼めば、明日にでも連れて行ってくれるわ」

「うむ。城に入りさえすれば……」

嬉しそうに笑った。

「斬って斬って斬りまくるつもりなのね」

「いかにも。大奥にさえ突入すれば、あとは楽なもの」

本丸の絵図は、紀州にいるときから見せられ、頭に叩き込まれている。

表と呼ばれる役所のような一画。ここには大勢の武士が詰めている。これらをぜんぶ斬っていては、いくら自分でも身は持たない。

だが、まともな手順では、ここまでしか入れない。新井白石でさえ、ここまでである。

その先に中奥と呼ばれる一画がある。ここは将軍の住まいである。日中なら家継はここにいる。ここも警護は厚い。

そして、いちばん奥にある大奥。女たちだけの一画。

母の月光院がここにいるため、家継も夜はここに行く。

目が見えぬよう装ったまま、表に入る。ここで騒ぎを起こし、騒乱にまぎれて中奥に行く。家継が見つけられたら、ここで斬る。だが、幼い家継はろくに仕事もできない。早々と大奥のほうに引っ込むだろう。

じっさいそうであると聞く。

自分もいっきに大奥に突っ込む。

そこらは広敷伊賀者が大勢いる。

だが、しょせんは戦《いくさ》のない世の中でだらけきったやつらである。手もなく血祭りにしてやる。

あとは……。

「逃げなければならないわ」

と、蝶丸は言った。

「それがいちばん厄介《やっかい》なのだ。それより、そなたは？」

「もちろん、たらしこむの」

「誰を？」

「白石の次と言えば、月光院か間部詮房に決まってるでしょ」

「まったく、そなたにかかったら」

「だから、目を開けて、あたしを見て」

「嫌だ」

「ほんとに好きなのはあんただけと言っても？」

と、蝶丸は白兵衛を見た。

白兵衛は冷たい顔でそっぽを向いている。

頭領で、白兵衛の叔父でもある幸右衛門は、

「あいつは、恐い」

と、言っていた。

「人として、まるっきり欠けたところがある」

「それは?」

「うむ。人は皆、そういうところがある。とくに、わが一族の者たちは傑出した部分があるため、なおさら常人とは違う。だが、あの白兵衛は、仲間も何もない。裏切りなどという気持ちもない。もともと味方などという気持ちもないのだから」

幸右衛門はそう言ったものである。

そんな白兵衛を好きな自分。

「蝶丸。そなたはもう消えてよいぞ」

と、白兵衛は言った。

「いえ。あたしもここから攻めることにしました」

白兵衛を助けたい。

それには、大奥同心たちを手玉に取り、仕事の手助けをするのがいちばんだろう。

どっちにせよ、今度の仕事で蝶丸の出番は期待できなかった。なにせ、将軍は五歳。寝小便をしているこわっぱに、妖しい色気は通じない。

十四

用人の西野の娘・綾乃が、悪戯《いたずら》っぽい目でこっちを見ながら、これみよがしに刀を振っている。

「えいっ、やっ」

ちらりと見た。筋は悪くない。

目が合うと、綾乃は言った。

「教えてください」

「駄目だ」

首を横に振って、苦笑した。

「どうしてですか?」

「怪我するだけだ。それに……」

「それになんでしょう？」

「男はどうしても戦いたくなる。女にはそれを引き留める役を担《にな》ってもらいたい。それが武芸をするなどというのは……」

村雨の信条にも反する。

「村雨さま。わたしのは戦うための剣ではありませぬ」

「なんだ？」

「身を守るための剣です。女だって、のべつ男の人を頼ってばかりはいられませんでしょう？」

「うっ」

「それに、女に引き留めろとおっしゃいましたが、男の人が自分で戦いをやめさせてもよいかと思います。武力の空《むな》しさを知った人のほうが、戦いをうまく回避できるかもしれませんよ」

「……………」

綾乃は痛いところを突いてくる。この娘はやはり賢いのだ。

そのうち、綾乃は、縁側から板の間に上がって、違う木刀を何本か持ってきた。

いままで持っていたのは、短めの木刀である。それよりももっと小さな木刀を手にした。

軽く振ってみる。女の手にも軽くていいらしい。

だが、首をかしげ、もう一度、部屋にもどって、同じような木刀をもう一本、持って来た。

――何をする気なのだろう？

これをしまいには二本使った。

つい、綾乃のやることを見守ってしまう。

綾乃は両手に短い木刀を持って立った。

同じ長さの木刀である。

――二刀流か。

村雨は思わず笑った。

綾乃は村雨の笑った顔が見えたらしい。自分もすこし微笑み、そっぽを向くようにした。

「えいっ」

右手を振り下ろす。

いや、同時に左手も振り下ろしている。

左右、別々に動かすのは、意外に難しいのだ。どうしても、利《き》き腕のほうに、もう片方もついてきてしまう。

「たあっ」

横に払うようにする。これも左右いっしょに動いてしまう。

――ん？

村雨の頭が殴られたようになった。

上段にあると同時に下段にある。右にあると同時に左にもある。

まさか、これが……。

十五

夜更けてから――。

村雨広は庭に出た。

月明かりに加え、屋敷のほうから洩《も》れる明かりもある。

二刀を手にしていた。

どちらも短めの刀である。

刃が上段にあると同時に下段にもある。

線でありながら、波になる。

こうした謎めいた剣理が、同じ二刀を使うことで、まさに現実のものになるような気がした。

さまざまな動きを試してみた。

細身で短めの刀。これで二刀流をやると、大小の二刀流とはまったく違う動きができたのである。

右手で握った木刀を上段に、左手の木刀を下段に。

二つは別々に動く。どっちかがどっちかを補足するというのではない。どちらも一刀流。

相手を二人に想定すると、これはうまくいく。だが、一人に想定してこれをやると、なにか不自然な気がする。

相手が一人でも二人と思えばいいのか。重なり合ったふたり。

卜伝の剣は、常識にとらわれてはいけない。まるで別の見方が必要になったりする。

うまくいきそう。

――ん？

人の視線を感じた。

廊下を去っていく男の後ろ姿が見えた。

先ほど、新井白石から、しばらく当家にいることになったと告げられた。

妹もいっしょに雇われたのだ。

「あの目が見えぬという武士……」

と、首をかしげた。本当に目が見えぬのか。

十六

廊下の曲がり角で、綾乃はお蝶と出会った。

この屋敷に世話になることになった兄妹《きょうだい》の、妹のほうである。兄は白石の学問を手伝うことになったらしい。

それが滞《とどこお》りなくやれるようになれば、妹は京都に帰ってもいいと言っているらしい。

だが、白石にそうさせるつもりがないのは、お蝶を見る目ですぐにわかった。

とうっとりしていたではないか。

お蝶はまた、村雨広のことも、思惑にあふれた目でじいっと見た。村雨はいったん怪訝そうにしたが、すぐに視線を逸らした。

——あんな目で村雨さまを見るなんて、あたしに喧嘩売ってるつもり？

と、綾乃は内心で毒づいた。

ぶつかりそうになり、慌てて、

「ごめんなさい」

お蝶は小さく詫《わ》びて、去って行った。匂い袋が、見たこともない花の姿を想像させるように匂っていた。

さきほど、綾乃が憤然としているのを見て、

「綾乃に敵が現われたかな」

父はそう言って、綾乃をからかった。

「ふん」

と、そっぽを向いたが、正直、穏やかではなかった。

いま、その後ろ姿を見て、

「村雨さまは、あんな女にはなびかない。それは、女のあたしにはわかる。あんな贋物《にせもの》の恋心は、村雨さまにはちゃんとわかる」

と、綾乃は小さな声で言った。

「でも……」

綾乃は顔を上げた。

「新井白石さまはわからないのだろうか」

## 十七

「なんだ、あの剣は？」

川村白兵衛の気持ちが苛立《いらだ》った。

中庭で、村雨広が遣っていた剣のことである。

村雨広というのは、新井白石の腹心で、しかも川村左京からの連絡によれば大奥の警護役についたらしい。

なんと、仲間の鮫吉がすでに倒され、やったのはこの村雨広とあと二人ではないかと見ているらしい。

できるのは一目でわかった。

見たことのない剣である。一つの剣が四本にも八本にも見えたのだ。

目の錯覚であるにせよ、錯覚を起こさせる技があるはずである。

不安な思いが頭をもたげた。もともと、不安の兆《きざ》しやすい心である。水たまりの波紋のように、小さな不安はたちまち胸いっぱいに広がってしまう。そんな性分だから、夢の中に逃げ込むような剣を会得《えとく》したのかもしれない。

——あの剣と戦うのか。

胸が高鳴り出した。息も苦しい。じっとしていられない。

白兵衛はこうなると駄目である。なにかで徹底して気をまぎらわせないと、いても立ってもいられない。

「こうなったときは、人を斬るのがいいのだ」

それも一人では駄目だろう。

――千代田城で暴れてやるか。

裏庭のほうから塀を越え、新井の屋敷を抜け出した。内濠を半周ほどして、城の西側にある半蔵門に来た。

この日は、門はまだ開いていた。遅くなって城を出る一団でもいるのだろう。

白兵衛は、土手の手前に立ち、護衛の者のようすを窺った。

互いに笑い合っている者もいる。のん気なやつらである。白兵衛は冷たく笑った。あれでお城の護衛をしているつもりなのだから、呆《あき》れたものである。

護衛が交代の者も入れて、十六、七人。

両側にかがり火も焚《た》かれ、明かりは充分である。

――ぜんぶ斬ってやる。

白兵衛は小走りに駆け出した。

春の宵。梅の香りが流れ、門のわきにある白木蓮《はくもくれん》の大きな花が咲いている。

こういう宵がまた狂おしく、人を斬るにはうってつけである。

白兵衛が近づくのに気づいた護衛が、

「なんだ、きさま」

「止まれ」

叫びながら、槍や棒を向けてきた。

白兵衛は自分の意識が薄れるのがわかった。

もう何も考えていない。突き出される槍や、斬りかかる刃を避け、剣を振るうだけである。まるで踊っているように見えるらしい。

意識がないから恐れる気持ちもない。

相手の剣を恐れなければ、動きは隅々まで見通せるのである。切っ先をほんの少しだけかわしながら、刀を走らせていく。

目の前を血潮《ちしお》が飛び散っていく。まるで、次々に打ち上げられる両国の花火のようではないか。

これが夢想剣だった。

意識が消えているのは、戦っているあいだだけである。

気がつくと、あたりに動く者はいない。

遺体の数をかぞえた。十八体あった。向こうから見たときより、一人二人多かったらしい。

白兵衛は踵《きびす》を返し、駆け出した。

土手を渡り切り、右手に折れて半町（約五十四メートル）ほど行ったとき、半蔵門のあたりで騒ぐ声がした。

さぞや大騒ぎになるだろう。

「大丈夫、わしは、あの男にも勝てる」

と、白兵衛は走りながら言った。

# 第四章　変化

## 一

「絵島さまは本命ではあるまい」

と、村雨広は桑山と志田を見て言った。

「単なるおとりかもしれない」

詰所の戸も窓も開け放してある。

閉じこもるより、開け放しておいたほうが、秘密の話にはいい。近づく者を察知できる。

ふくみ笑いのように柔らかい春風が入って来ていた。そんななかで、襲われるだの、守るだのといった話をつづけている。

「ううむ……」

いったんはうなずいたが、

「では、二十五日の護衛は無駄か？」

「何かないとは言い切れぬぞ」

桑山も志田も、絵島の代参に不安を感じているのだ。

昨夜、半蔵門で護衛の者が十八人も斬られるという騒ぎがあった。曲者《くせもの》が中に入ったということはなかったらしいが、それにしても不安なできごとである。あまりにも目立つ騒ぎで、紀州からの連中のしわざとは考えにくいが、動きが読めないところはある。

「それはそれで対処しよう。だが、やはりわれらがお守りするのは大奥の家継さま」

とは言ったが、むろん村雨の本心は月光院を守ることである。

というより、それ以外は考えていない。家継は、なにかあれば月光院が悲しむから守るにすぎない。

「それで？」

桑山が訊いた。

「毎晩、大奥の絵図を頭に浮かべて考えている。昨夜、一つ、警戒すべきことを思いついた」

と、村雨は言った。

「なんだ？」

「医者だ」

「医者か」

「家継さまは身体があまりお丈夫ではないと聞く」

「そうらしいな」

「見た目からしてな」

と、志田が言った。三人のなかでは志田がいちばん、家継の姿を見ている。瘦《や》せて、足元もおぼつかなく、まだよちよち歩きのようだという。

「月光院さまもお丈夫ではない」

と、村雨は言った。

お輝はしょっちゅう風邪をひいていた。ふだんは元気で快活なのである。だが、流行《はや》り病《やま》いは、自ら進み出たみたいに、最初に罹《かか》ったものだった。

「そうなのか？」

桑山は、なんでおぬしが知っているのだという顔をした。

「あ」

村雨は内心、しまったと思ったが、

「このあいだ、絵島さまに聞いた」

なに食わぬ顔で言った。

「そうか」

「当然、医者の出入りは多い。われらが医者を調べておくべきではないか」

「いままで調べていないのだろうか?」

桑山は首をかしげた。

「誰がそんな役をやる?」

「そうか。いないか。そういう役目の者が」

桑山は意外な顔をした。

「御広敷伊賀者がやってもよさそうだと思われるかもしれぬが、われらは警護の仕事しかしなかった」

と、志田が言った。

お城の仕事は皆、そういうものである。目的より、範囲を重視する。

もちろん、例《たと》えば新しい医者に診断させるときには、医者の履歴や人となりの調査をするだろう。だが、その医者に接近する者や、仕事を離れたときの行状まで調べたりする者はいなかった。

人手がないのではない。そういう職務がないのだ。

月光院が自分たちのために動いてくれる者をどれだけ欲してきたか。それを思うと、村雨広は胸の詰まるような思いをした。

「新井さまに訊いたところ、いま、家継さまを診《み》ている奥医師は、間部詮房さまも診てもらっている浜野潮庵《はまのちょうあん》という医者だ。これは、もうずっと昔から城に出入りしている医者で、不埒《ふらち》なことをしでかす心配はないとおっしゃっていた」

と、村雨は言った。

「だが、弟子もいるだろうし、倅《せがれ》が手伝ったりといったこともあるだろう。いちおう調べたほうがいいな」

桑山がそう言った。

「そう思う。では、わたしがようすを見ておく」

村雨は立ち上がった。

## 二

蝶丸は自分が嫌いだった。

男でもあり、女でもある自分を憎んだ。

気づいたのは、十四のときだった。陽物《ようぶつ》があるのに、乳房が豊かにふくらみ始めた。月のものが来た。

蝶丸は惑乱した。

身体だけではない。心もそうだった。

男として好きな女ができ、女として好きな男ができた。

不安でたまらなくなり、頭領の川村幸右衛門に相談した。幸右衛門は蝶丸の身体をつぶさに調べ、顔をつくづくと眺め、

「わが一族に、また天の配剤が届いた」

と、喜んだ。

何が嬉しいのかと、蝶丸は落胆したが、頭領には逆らえない。幸右衛門が示した道を歩むことになった。

だが、納得いかない気持ちは持ちつづけた。

それから十年――。

いまも、こんな自分を許していない。こんな自分に産んだ親も。

蝶丸が学び、磨いてきた術は、男も女もとりこにする術である。自分に惚れさせ、自分のためなら命もいらない、なんでもすると思わせてしまう。

男の気持ちも、女の気持ちも、両方わかる。そればかりか、いまや男として男が好きな気持ちも、女として女が好きな気持ちもわかる。

体術はとくにしていない。武器も短刀のようなかんたんなものしか使えないし、跳んだり、走ったりするのも、せいぜい人並みである。

だが、頭領からは、

「使い方によっては、そなたの技が最強になる。人を殺すのはかんたんだが、思うように操るのは難しい」

と、言われた。

いまでは、仲間たちからも、

「一目見ただけで恋に落とす」

と、言われるようになった。だが、じっさいには、そんなことはできっこない。

相手の好みを徹底して調べ、その好みに合った男や女になってこそ、相手の心をとろかすことができるのだ。

人にはいろんな好みがある。美男美女を好む者は多いが、すべてそうではない。逆に美男美女を敬遠する者もいる。だから、誰でも一目で恋に落とすなんてことはできない。

相手と最初に知り合う前に、じつはすでに何度も会っている。さりげなく好みを探っている。何通りもの化粧をし、相手の前に顔を見せ、反応を確かめている。人はいちばん好みの相手に目が行くものなのだ。

新井白石の場合は、清楚な女にはまるで興味を示さなかった。妖艶《ようえん》で怪しげな女に反応した。

これはめずらしくない。新井のような、生真面目で、書物を好み、膨大な知識を持った文人型の人間は、むしろこっちが多い。

だから、そんな化粧にそんな表情をして、接近した。

しばしば立ち寄る本屋を出会いの場所にした。二階が空《あ》いていることを調べ、あのあるじに気に入られるようにして、仮住まいした。

女が読まないような書物を手にして興味を抱かせた。

狙いどおりだった。新井白石のような男は、いちばんかんたんなのだ。面白いようにどんどん深みに嵌《は》まっていく。いったん恋に落ちてしまうと、死ぬことだって辞さない。

前にも似たような男を落としたことがある。尾張藩の国許の用人。「わしは男女のことなど超越した」と自慢げにほざいていた初老の男は、ついに「家も何もかも捨てて江戸に行こう」と、すがった。何もなくなった用人さまにどんな価値があるのかと、思わず笑いながら訊いたものだった。

そのかわり、この手の男にはけっしてなびいてはいけない。身体も許してはいけない。なびかない限り、どこまでもついてくるが、なびけば意外にあっけなく、心は離れてしまう。そういうものなのだ。

新井家にはもう一人、落としておくべき男がいる。

大奥同心、村雨広。まだ雇われたばかりである。だが、強い信頼を得ていて、いまは月光院のために動いている。

剣の腕はかなりのものらしく、白兵衛のためにも取り除いておきたかった。

だが、村雨広のような男は難しい。じっさい、いろんな化粧や表情で試したが、どれも見向きもしない。といって男色好みのわけでもない。

あれはたぶん、一人の女に気持ちを奪われているのだ。

三

蝶丸は、新井白石のことなんか、もうどうでもよかった。

仕事として接するうち、本気になってしまうときもある。だが、白石にそんな気持ちは持っていない。

あれは白兵衛が千代田城に入り込むための手助けをしてやったに過ぎない。

そのまま白兵衛の成功を待とうと思ったら、

「あとはなにもしなくていい。お前はお前で、勝手に家継を狙え」

と、冷たく言われた。

――なんてやつ……。

蝶丸は本当に白兵衛が好きだった。

男として男が好きになるということでの初恋の相手である。

もしかしたら、いまは、自分のなかでこの気持ちがいちばん強いかもしれない。

男として男が好きになる。いや、いまはそれしかないのかもしれない。

考えてみたら、もう男として好きな女も、女として好きな男も、女として好きな女もいないのである。

当たり前の人間の四倍も、人を好きになる能力がありながら、そのじつはなんと貧しい恋心なのだろう。

白兵衛が好きになったのは、二年ほど前である。

ともに仕事をするうち、

――こいつ、冷たい男だな。

と、思ったときがある。女を一人、ばっさり斬ったのだ。そのときのためらいのなさでそう思った。

後ろめたさなど微塵《みじん》も感じなかった。虫けらでもつぶすように斬った。

蝶丸は、男でも女でも、別れるときにはすっぱり別れる。同情などまったくしない。それと同じ冷たさを感じたとき、同類だという喜びといっしょに、白兵衛のことが好きになった。

それからずっと白兵衛を好きでいたが、仕事は別々だった。今度、江戸でいっしょに仕事をすることになり、蝶丸は狂喜した。

白兵衛はそんな蝶丸の思いを知っていたに違いない。

江戸に来るまでの道中で、

「おれと組んで仕事をしないか」

と、声をかけてきた。

「白兵衛って、誰とも組まない男だと思ってた」

そう言うと、

「いつもはな。だが、今度は江戸城に潜入しなければならぬ。おれのいちばん苦手なところだ」

「へえ、そうなの」

「お前、おれが好きだろう?」

「……」

白兵衛は蝶丸の気持ちを知っていたのだ。

ほんとに好きな相手に対しては、手練手管《てれんてくだ》は使わない。それは、男として女が好きなときも、女として男が好きなとき、女として女を好きなときも同じ。ありのままの、表面の美しさにしか自信のない、内気で、熱心に熊野の神さまを信じている自分そのものを好きになってもらいたいから。

だから、ほんとに好きな人には思いを気づかれずにいたりする。

だが、白兵衛は知っていた。

顔が赤くなった。

「どうして、それを?」

「わかるさ。目を見れば」

やはり、白兵衛の目は見えているのだ。白く濁っているのは、なにか細工《さいく》をほどこしているからで、見るのに不自由はない。

「目ね」

そうなのだ。それはどうしたって出てしまうのだ。逆に言うと、相手を誘い込むとき、いちばん難しい芝居もそれなのだ。

「だったら、おれを助けろよ」

「いいよ」

承知してしまった。

「もっとも、おれはお前のことなんか相手にしないぜ」

と、そのときも白兵衛は冷たく言ったものだった。

# 四

村雨広は、医者の浜野潮庵の家を見に来た。

日本橋呉服町新道《にほんばしごふくまちしんみち》。江戸の一等地である。日本橋もお城もすぐそばである。

潮庵が診るのは、将軍家継のほか、大大名、札差《ふださし》や大店のあるじと、その家族だけである。呼ばれれば、すぐに駆けつける。そのためにも、このあたりに家があるほうが都合もいい。

敷地もせいぜい二百坪。門構えなども遠慮しているが、つくりといい、瓦《かわら》の輝きといい、金がかかっているのは一目で見て取れる。

看板などはない。

町医者ではないから、患者が駆け込んでくることなどない。

皆、往診である。

村雨が来ると、ちょうど出かけるところだった。

あとをつけることにする。

浜野潮庵に娘、弟子が三人の五人連れである。

潮庵は七十くらいと聞いている。

日本橋の大通りを越え、東に向かって歩いて行く。

楓川《かえでがわ》が流れるあたりまで来たときだった。前からやって来た若い男が、急に気分でも悪くなったらしく、ふらふらとして倒れた。

「おっ、これ、どうした？」

潮庵は、知らない者の病いは無視するほどひどい男ではないらしい。自ら、脈を取り、まぶたをめくったりしている。

男はいったん地面に倒れたが、どうにか座り込む姿勢までもどした。

「父上。お約束に遅れます」

娘が潮庵に言った。

「うむ」

「あとはわたしが」

「大丈夫か」

「すぐ、追いつきますから」

娘が一人残った。

おあつらえ向きに、水茶屋がある。

「まるで、あそこに入り込むために倒れたみたいじゃねえか」

と、村雨はにやりとした。

そっと近づいて、背中を向けたまま、水茶屋の縁台に座った。

案《あん》の定《じょう》、二人はやって来て、村雨がいる後ろの縁台に腰をかけた。

「あとは大丈夫だと思います」

と、若い男は言った。

「いいえ、まだ心配です。家まで送らせてもらいますよ」

「そんな。それより、もしかしてさっきのは、呉服町新道の浜野潮庵先生でしたか？」

「はい。あたしは娘の絹《きぬ》と申します」

「やっぱり。名医という噂は聞いてました。あたしは、そこの海産物問屋の次男坊で若二郎《わかじろう》といいます」

「もう一度、父に詳しく診てもらったほうがよろしいですよ」

「そうですか。だが、不治の病いだなんて言われたら、立ち直れないかもしれません。それよりはお絹さんに診てもらいたいですよ」

「あたしに？」

「医術の心得はおありなんでしょう？」

「それはありますが。女が医者の真似などしちゃいけないって」

「そんなことはおかしな考えだ」

「あたしもそう思っているのですが」

「では、絶対に来てくださいね。お待ちしています」

娘は立ち去った。

「やるもんだよなあ」

と、村雨広が笑いを含んだ声で言った。

「え？」

振り向いた若旦那らしき男は目を瞠《みは》った。

「わたしを知っているのか？　わたしはそなたを知らないはずだぞ」

「え」

「わたしが知っているのは、そなたによく似たお蝶という女だ。そなたがお蝶なら別だが」

と、村雨広は笑った。

「つけてきたのか？」

「そうじゃない。家継さまを診る医者だ。怪しいやつが近づいたりはしないか、見張ろうと思ったら、そなたがやって来た」

「くそっ」

蝶丸は、懐に手を入れた。

「ここでやるのか。わたしはかまわぬが」

「どうするつもりだ？」

「捕まえて、そなたたちがやろうとしていることを白状させるのさ」

と、村雨広は言った。

それで、裏にいる者を炙《あぶ》り出し、反対勢力の膿《うみ》を出してしまえば、月光院の心配も払拭できる。

月光院さまのおんために。

五

蝶丸はいきなり駆け出した。

「逃がさぬぞ」

村雨広は慌てない。心をもてあそぶ術には長《た》けているだろうが、身体の術はほとんど遣えない。それは、ふだんの身のこなしを見てもわかる。

ということは、逃亡もさほどうまいはずはない。

村雨広は追った。

楓川の両岸は、材木河岸《がし》と呼ばれる。蝶丸は、ここで舟に飛び乗った。たまま係留してあった小舟である。蝶丸は、舟に飛び乗って、もやい綱を短刀で切った。

村雨は通りかかった猪牙舟《ちょきぶね》を止めた。

「前の舟を追ってくれ」

「わかりました」

蝶丸が乗り込んだのは、猪牙舟よりももっと小さな舟である。漁師が小魚でも獲《と》るのに使う舟ではないか。

立って櫓《ろ》を漕《こ》いでいるが、それはやけにうまい。

大川をさかのぼっていく。

「あの若造、うまいですね。あっしが追いつけねえんだから」

「そうか」

武芸は駄目だろうと踏んだが、まさか舟を漕ぐのがうまかったとは。そういえば、紀州は熊野灘を有する海の国ではないか。

上げ潮どきで舟もそれに乗って速い。川の流れも押し戻そうとして、ときおり大きな波が立つ。

「あ、降りますぜ」

蝶丸は、両国橋のたもとで舟を捨てた。

結局、舟のあいだの距離は縮《ちぢ》まらず、二十間（約三十六メートル）ほど開いた。

船頭に舟賃を多めに渡し、土手を駆け上がった。

「まずいな」

両国広小路。江戸いちばんの歓楽街である。人混みにまぎれられると捜しようもない。

案の定のにぎわいだった。

「いまのいい男だったわね」

「役者かしら」

娘二人の声がした。声が上ずっている。

娘たちが振り返った先にあいつがいた。

村雨は追う。

「素敵ね」

「一晩でいいから付き合いたい」

「やあね」

娘たちが面白いように振り返るのである。それでいるところがわかってしまう。まさか、いままで役に立ってきた美貌が、自分を追いつめるためのものになるなんて、思ってもみなかっただろう。

足がもつれ始めている。一町（約百九メートル）を駆けとおす力もない。娘にぶつかって、倒れた。あるいは、娘がわざとからみついたのかもしれない。

「捕まえたぞ」

すばやく懐を探り、短刀を取り上げた。

「なんてこった」

「いろいろ話してもらわなくちゃならぬ」

「見るんじゃねえ」

と、蝶丸は野次馬たちに怒鳴った。

人混みを抜け、わきのほうに連れてきた。すると突然、蝶丸は崩れ落ちた。

「どうした？」

かんざしを自分の心《しん》ノ臓《ぞう》に突き刺していた。

「しまった」

さっき倒れたときに娘の頭から抜いたのだった。

## 六

あの女というか、男なのか、とにかくあいつが敵の忍びだということは、兄を名乗る者も忍びなのだろう。

早く新井白石に報せなければならない。

まだ、お城にいるか。それとも、もう屋敷にもどっているか。

女に会いたい一心で、屋敷に早めにもどったかもしれない。

門を入るとすぐに、綾乃がいた。

「御前はおもどりか」

「いえ。さきほど一度、おもどりになったのですが、川村白兵衛さまが帰って来ていないというので、またお城に」

「いなくなったのか？」

「はい。お城に同行させたのですが、待たせておいたあいだに姿が消えたと」

「なんと」

村雨は城に駆けた。

城の中には用があるからとずけずけ入って行くわけにはいかない。呼んでもらったり、待ったり、無駄な時をついやす。

大手門から入ったが、すぐに平川門の詰所へ人をやって、桑山と志田を呼んで来てもらった。

村雨は本丸の前の番所で新井白石を待つ。

二人に事情を話している途中で、

「村雨」

と、出てきた白石の顔色は悪い。

「川村白兵衛は？」

「いなくなったのだ」

「本丸に入れたのですか？」

「いや、百人番所のところで待たせておいた。そこでいなくなったようだ。わしのもどりが遅くなり、あやつも不安になって、先に屋敷へもどったのかもしれないと思ったのだ」

「あれは、敵の忍びですぞ、御前」

「なんと」

「目が見えぬかどうかもわかりません」

「なんと」

「妹と称したお蝶も忍びでした」

「……」

いまは薄々勘付いていたのだろう。

「それで、お蝶はどうなった？」

「自害しました」

「うむ」

切なそうに顔が歪んだ。

「女なのか、男なのか、わかりませんでした。だから、どっちに化けても絶世の美男美女になりました」

「そうか」

気を取り直したように、顔を上げた。

「間部さまには？」

「報せてある。とりあえず、城は厳戒態勢を敷《し》いた」

七

平川門の詰所では、ことが起きたときに駆けつけることもできない。

間部に頼み、特例として曲者《くせもの》が捕まるまで、伊賀者と同様に大奥の外側まで見回ることができるようにしてもらった。

志田はよく知っているところだが、桑山と村雨は初めてである。とりあえずここを一回りしてみた。

天守閣の下あたりに来たとき、

「やはり、あなたでしたか」

建物の中から声がかかった。

「月光院さま」

「曲者ですか」

「はい。わたしたちも、ここまでは入ることを許してもらいました」

「まあ。ここからでしたら、わたしがいつもいるところと十間（約十八メートル）ほどしか離れていませんよ」

「十間。それでは、昔いた長屋の路地の入口から、あなたの家の戸口の距離でしょう」

「ああ、ほんとに。助けてと言ったら、すぐに来てもらえるくらいの距離ですね」

「ええ」

と、村雨広はうなずいた。だが、あいだの壁が、うんざりするくらい分厚いのだ。

「新井さまのところにはいつから？」

格子戸の中から月光院が訊いた。

「半年ほど前です」

「それまでは何を？」

「ずっと浪人していました。剣を教えたり、用心棒の仕事を引き受けたり、旅をしたり……それはいろいろ」

「もしもですよ。わたしがあの長屋にいて、村雨さまのお嫁にしてもらっていたら、どんな暮らしになっていたのでしょう?」

「わたしと……」

「旅をしていたでしょうか?」

「したかもしれません」

「まあ」

「子どもができるまでは」

村雨広はそう言って、自分の頬が赤らむのがわかった。

「そうですね。そうなったら、旅の暮らしは難しいですね」

「あとは旅のところを抜くだけです」

「道場で教え、用心棒の仕事などもするのですね」

「それだけではありません。暮らしを支える道はいろいろ学びましたから」

「楽しそうですね。長屋の暮らしは」

「どうでしょうか」

とは言ったが、もしもお輝とそんなふうに暮らすことができていたら、暮らしはどんなに幸せだっただろうか。

# 八

不動坊は暗闇の中で筏《いかだ》を漕いでいた。

黒い着物を着ているし、筏も黒く塗られ、夜の中でほとんど目立たないが、それでも音を立てないよう気をつけている。

いつも背負っているつづらはないし、錫杖も持っていない。できるだけ軽装でやって来たのだ。

筏は竹でできている。竹を束《たば》ねたものを、夜遅くにお城の清水濠まで持って来て、そっと下に降ろした。

できるだけ小さく、だが、巨体の不動坊が乗っても沈まない、ぎりぎりの大きさである。もちろん沈まないことは確かめてある。

不動坊は竹橋門のあたりまで来ると、今度は筏に乗ったまま凧《たこ》を上げ始めた。

黒く塗られた凧はすぐに高々と風に乗った。

「よし、いいぞ」

凧は大きなもので、下に鳥をぶら下げている。ただし、本物の鳥ではない。人形のカラスである。

カラスには小さな明かりがある。
目の部分である。カラス人形は紙製だが、内側にろうそくを立て、目のところが光って見えるようになっているのだ。

この凧とカラスは、千代田の城の天守閣のところに達した。そこまでの距離はおよそ二町。これ以上は、平川門や竹橋門を無理やりにでも突破しなければ近づけない。

「うまく着地してくれよ」

どうやらカラスを天守閣の上に載《の》せようとしているのだ。天守閣といっても、そこは石垣が残るだけで、見晴らし台のように平らになっている。

この作業がいちばん神経を使うところらしい。

「ふう」

ため息をついた。

うまく載ったらしい。

不動坊は凧の糸を軽く何度か引いた。

カラスは、凧の足につけたカギにぶら下げるようにしてあるだけなので、着地すればすぐに外れるようになっているのだ。

凧はカラスを天守閣に置き去りにして、もどって来る。

天守閣の上のカラスが、ここからどうなるか。

そこから先は想像するしかない――。

天守閣の下に大奥がある。その窓の一つから、奥女中が光る目のカラスを見る。

「きゃああ」

悲鳴が響き渡る。

ふつうなら、武士や男が駆けつけて来るが、なにせ大奥に男はいない。

ただ、外のほうには警護の者がいて、

「どうなさいました?」

「あそこに、光るカラスが」

という騒ぎになった。

警護の者は恐る恐る天守閣のあたりを見上げると、たしかに目を光らせたカラスが見えた。

「あれだ」

「化け物か」

「わからん」

警護の者たちは刀を抜き、天守閣の石垣の階段を上がった。

ちょうど上にたどり着いたとき、そのカラスはなんと、ぱあっと燃え上がったのである。

「なんだ、これは」

羽根が飛び散り、風で転がりながら、カラスの遺体は消え失《う》せてしまった。

## 九

――ふっふっふ。

不動坊は、お城の天守閣のあたりで起きている騒ぎを想像して、嬉しそうに笑った。

不動坊にしたらかんたんな仕掛けである。だが、効果は絶大で、明日はかならず呪文を唱えに来てもらいたいと連絡も入るだろう。

天英院の反対派である月光院の側からも、もはや反対の声は出ないだろう。しょせん、こうしたことには震え上がる若い女たちなのである。

なんでも、このところ曲者が潜入した形跡《けいせき》があるので、これ以上、訳のわからぬ者をお城に入れるなと騒いでいるらしい。

曲者というのは、川村白兵衛か、それとも蝶丸のことか。

あいつらも着々と目的に近づいているのだろう。

――さて、誰が勝つか……。

こうやって競い合うことは大好きだった。

不動坊はまだ数体持ってきているカラスの人形を見た。

――こんなかわいいものを恐がるなんて。

と、微笑んだ。

自分でつくるからくり人形がかわいいのである。まるでわが子のように。

だが、じっさい、これはわが子のようなものである。

完成するまでは、ああでもない、こうでもないと、試行錯誤を繰り返す。

羽根のかたちに切った紙で貼り合わせてつくってある。光る目を強調するので、本物のカラスより大きな目になっている。

だから、顔がかわいい。

かわいいものや、きれいなものが、あり得ない場所にいたりすると、逆に恐さも倍増する。そういう狙いもあるが、もともとかわいいものが好きなのである。頭のてっぺんあたりには、本物のカラスの羽根を一本、目立つようにまっすぐ立てた。これもかわいらしい。子どもの寝癖みたいである。

カラスというのがまた、真っ黒い見た目のため、必要以上に嫌われる。賢く、かわいい生きものなのに。

不動坊はつい、同情してしまう。

子どものころから身体が大きく、ごつごつした岩のような顔をしていたため、かわいいなどと言われたことがなかった。

――おそらく親もそういうことで、自分を捨てたのだろう。

生まれたばかりの不動坊は、熊野神社の参道に置き去りにされていた。

それを拾って育ててくれた川村幸右衛門のためなら死んでもいい、と不動坊は思っていた。

さて、次はその赤ん坊のときに死んでいた自分を、大奥のやつらに見せてやらなければならない。

いま、カラスを置いてきた凧を手元に引き寄せると、今度は赤ん坊大の人形を凧の下に吊り下げた。

凧を待ち、強まったところで、これを真っ暗な宙の中に放り投げる。凧は風に乗り、高々と舞い上がった。

今度は、着地はさせない。

天守閣の台地の上で騒いでいる抜け作の警備の者たちの前に、この愛らしい人形の赤ちゃんはうっすらと浮かび上がらなければならない。

愛らしい赤ん坊。

それは、槍の先で突かれたり、手裏剣で打たれたりしながらも、平川濠の上空で忽然と姿を消してしまうのだった。

## 十

翌朝――。

大奥同心たちの詰所で、昨夜、大奥であった騒ぎについて桑山喜三太が報告した。

「燃えるカラスと、空中に浮かんだ赤ん坊の死体とな」

村雨はつぶやいた。さぞ、月光院も恐かったことだろう。

昔、あの長屋の近所で死体が見つかったときも、お輝はずいぶん恐がった。夜、井戸の水を汲むときも、村雨はいっしょに来てくれと頼まれたくらいだった。あのときはもう、お輝だって十五くらいにはなっていたはずである。

「わしのほうも報せがある」

と、志田小一郎が言った。

「昨夜、例の場所がわかった」

志田はこの数日、老中・井上正岑家の中屋敷を見張っていたが、ここから出た者二人が、神田《かんだ》の口入れ屋を通して、腕自慢の浪人者を募った。

その浪人者を待機させている家を見つけたという。

「ほう。どこだ？」

と、桑山は訊いた。

「上野広小路の裏手にあるしもた家だ。井上さまと付き合いのある呉服屋が持ち主だが、いまは売りに出して、わざと誰の持ち物でもないようにしてある」

「なるほど」

「明日、二十五日の朝の仕事だが、何日も前から泊まり込むことになっている。昨夜あたりはほとんど酒盛りだった」

「ほう。大勢か?」

「いまのところ、五人だが、できればまだ集めたいらしい」

「わたしたちも、浪人として入り込むか」

村雨は言った。

「面白いな。だが、明日の朝、こっちが手薄になるというのはどうかな」

志田が微妙な顔をした。

「では、こうしよう。まずは、おぬしたちが二人で行くのさ。事情がわかったあたりで、片方が逃げたということにすれば状況も伝わる。それから、いざ決行というときも、早めに逃げ出し、こっちに駆けつけてくるというのはどうだ?」

と、桑山は言った。桑山の足は、もう歩いたりはふつうにできるが、ここまで走ってくるのは難しい。

「なるほど」

村雨広と志田小一郎は、顔を見合わせ、面白そうにうなずいた。

それからほどなくして——。

村雨広と志田小一郎は、神田の小伝馬町《こでんまちょう》にある口入れ屋にやって来た。

荷役関係の紹介でにぎわっているらしい。

「では、わたしが先に入るぞ」

と、村雨は言った。

「ああ。うまくやれよ」

村雨は疲れたような顔になって口入れ屋の中に入ると、

「元伊達《だて》藩の藩士だが、用心棒の仕事でもないかなと思ってな」

と、帳場の前に腰を下ろした。腹が減って、立っているのもやっとというふうに装ったのだ。

「おや。ちょうどいいところに。一日だけの仕事ですが、ここを訪ねてください。金はかなりいいみたいです。ただし、そういうのはかならず刀を使うことになるので、覚悟しといてくださいよ。いま、紹介状をお渡ししますので」

口入れ屋のあるじが筆を動かし始めたとき、

「元小田原《おだわら》藩の浪人でな」

と、いかにも尾羽《おは》打ち枯らした風情《ふぜい》の男が入って来た。こほこほと、力のない咳《せき》をしている。

志田である。なかなか芝居がうまい。いや、忍びの術を使うのだから、これくらいは当然かもしれない。

# 十一

「明日は山伏を入れるなですと」

天英院の眉が吊り上がった。

ふだん、いかにも上品でおとなしそうなので、その表情の変化は恐ろしいほどである。

この前も一度やって来た山伏の不動坊という者が、明日また、祈禱のため、この御広敷にやって来る。

それを取りやめにしてもらいたいと、御広敷伊賀者の頭領が申し出たのに、天英院は怒りをあらわにしたというわけである。

「ははっ。お怒りはごもっともなのですが」

「嫌じゃ」

そっぽを向いた。

「入れるなというのではなく、先延ばしにしていただきたいだけなのです」

「あの者たちが怯《おび》えているのがわからないのですか」

と、天英院はわきに控えている奥女中たちを指差した。

女たちは、真っ青な顔で二人のやりとりを見つめている。皆、手にお守りや数珠を握りしめている。

昨夜、窓から目《ま》の当たりにした燃えるカラスや、宙に浮かんだ赤ん坊の遺体は、女たちを恐怖のどん底に叩き込んでいたのだった。

「ですが、行方がわからなくなった者がいまして」

「ええいっ」

こぶしを握り締め、足を踏みならした。

天英院は怒るほどに高貴さがにじみ出る、そう言われる。

だから、なおさら恐いと。

じっさい、高貴なお生まれである。当時はまだ天領甲府の宰相だった家宣のもとに、京都から嫁いで来た。五摂家《せっけ》の一つ、近衛《このえ》家の姫さまだった。

家宣との仲も、月光院が側室になるまでは悪くなかったと言われる。子どもも二人できたが、どちらも夭折《ようせつ》した。

それがため、怒りの度合いはますます激しくなった。

亡くなった家宣も、晩年は逃げるようにしていたほどである。

「警戒はあなた方の仕事でしょう。わらわにまで頼むことではございますまい」

もともと大きな目だが、目尻のところが裂《さ》けるのではないかと思えるほど、見開かれている。口はへの字に歪《ゆが》み、頬がぴくぴくと痙攣《けいれん》を繰り返していた。

「ですが、もしも、なにかあったとしたら……」

「そのときは、このわらわが曲者の前に進み出ます。身代わりに使ってください。それではばっさり斬られてみせましょう！」

天英院はかん高い声で叫んだ。

## 十二

村雨と志田が連れ立って、上野広小路の裏手にあるしもた家に顔を出すと、浪人者が五人、退屈そうに一階の座敷にいた。

村雨と志田は名乗り、中に入った。

「用心棒と聞きましたが、面倒な仕事なのですかな？」

と、村雨は五人を見回して訊いた。

「わしらもよくはわからぬ」

一人がそう言うと、

「ここからどこかに連れて行かれるのだろうな」

「そりゃあそうだ。こんなしもた家に押し込みをかけたりする者もおるまい」

と、皆で推測が始まった。

「いや、わしの知り合いが一度、あの口入れ屋でヤクザの睨《にら》み合いに駆り出され、えらい目に遭《あ》ったと言っていた」

「ヤクザの抗争なんぞに関わったら、厄介《やっかい》なことになるだろう」

「ま、値段次第だな」

話をしていると、皆、ごくふつうの男たちである。

事情があって浪人したり、あるいは親の代からの浪人だったりするのだろう。

いくらか、浪人暮らしでひねくれているところはあるかもしれないが、むしろ、人がよすぎて要領が悪かったりする口である。

そこへ、

「明日の仕事の説明をする」

と、武士が入って来た。

三人連れである。こちらは一目で浪人ではないとわかる。

「刀を振り回すことになるのは間違いない。覚悟がないなら、ここで帰ってくれ」

鋭い目で七人を見た。

互いに顔を見合わすが、帰ろうとする者はいない。そのことは口入れ屋でも念を押されてきた。いまさら引っ込む気にはならないのだろう。

「明日の仕事だが、大奥から寛永寺に向かう駕籠を襲う」

「なんと」

これには皆、仰天した。

それもそうだろう。大奥といったら江戸城の中にある。その駕籠を襲えば、幕府への反逆となるのも必定だろう。

「護衛はまったくたいした連中ではない。こっちも、とくに駕籠の中の女を斬ったりする必要はない。脅すのが目的だから、適当に暴れ、あとは一目散《いちもくさん》に逃げてくれたらいい」

「用心棒ではないのか？」

「いやなら帰ってくれ」

「ううむ。意外な話になったな」

「引き受けるなら手付けと口止め料ですぐ一両出す。それで、当日、一暴れしてここにもどってきたとき、四両を払う」

「しめて五両か」

浪人者には喉《のど》から手が出るくらいの額だろう。いろんなところの借金も、これで帳消しにできるはずである。

十三

すでに日は暮れていた。

太いろうそくが灯《とも》されているので、部屋の中は明るい。

酒があり、そば屋と寿司屋から出前の品が届いている。とはいえ、浪人者たちは皆、いちように食欲はない。明日のことが不安なのである。

「明日はやめたほうがいいな」

と、村雨広は言った。

志田は黙って村雨を見た。寡黙な男で、こういう役目は村雨にまかせたと思っているのだろう。

「なんだと」

皆、村雨を見た。

「たぶん、新たな連中が現われ、わしたちは斬られる。ここにうまく逃げ帰ることができれば、四両は払ってもらえるかもしれぬがな」

「やっぱり、そうか」

「わしも臭いとは思ってたのだ」

すぐに納得する。怪しい話だとは思っていたのだろう。

「おぬし、なんでそんなことを知っているのだ？」

「くわしくは言えぬが、わたしは目付筋の者であの連中を内偵してきた」

「なるほどな」

「だが、あと四両が消えるのは悔しい」

「命が惜しくなければ一人でやってみるのもいいさ」

村雨がそう言うと、五人の中で一人だけ、月代《さかやき》を剃《そ》っている男が、

「こういうのはどうだ。わしが密偵が入っていたと言って、おぬしを斬る。それで礼金として残りの四両をもらってやめる」

「なるほど」

本気の気配が流れている。腕に自信もあるらしい。

歳《とし》は四十前後か、なんとなく疲れた感じもする。月代を剃っているというのは、浪人して日にちが浅いのかもしれない。だからこそ、四両という額は切実なものなのだろう。

「よせ」

と、ほかの男が止めた。

「止めるな、下がれ」

月代の男が顎《あご》をしゃくるようにした。

志田を含めて周囲の者は皆、部屋から出た。八畳間ほどで、刀を振り回したら、とばっちりを食うのは明らかである。

月代の男は、抜かずに刀に手をかけたまま一、二歩後ろに下がった。

居合いで来るらしい。

「では、先に抜かしてもらうか」

村雨はそう言って、左手で小刀を先に抜いた。

次に右手で刀を抜いたときから、奇妙な剣さばきは始まっていた。

両方の刀が、同じ長さである。

それがゆっくりと動き出している。刃がろうそくの光をはじき、冷たい月の光のようにも見える。

左右、同じ動きではない。別々に、それもまるで不規則な動きをする。

すると、周囲で見ている者にも、おかしな現象が見えてきた。

剣が、上段にあると同時に、下段にもある。いや、右にもあり、左にもある。

青眼の構えであると同時に、八双の構えにもなっている。

二刀どころではない。

刀が八つにも、十二にも見えてくるのだ。やがてそれは、霧のように村雨広を取り巻いていた。

まさに、塚原卜伝の編《あ》み出したという秘剣月光。

「ううう」

月代の男は刀を抜くことすらできずにいる。

だが、ついに意地が恐れに勝ったらしく、

「とあっ」

刀を抜き放った。

と、見えたが、完全に抜き切ることはできなかった。

一つの剣は流星のようにまっすぐ流れた。もう一つの剣は、波のようにうねりながら流れた。

月代の男の剣は、抜き切る前にへし折られ、唖然《あぜん》として手元の刀を見つめるばかりだった。

十四

「凄い剣だったな」

志田が呆《あき》れた調子で言った。

「完成したばかりで、試してしまったのだ」

なにげない調子で言ったが、村雨にも喜びがある。

長年、苦心し、ついに摑んだ技である。

やはり、あの書付は、本物だったのだ。完成してみれば、いかにも卜伝らしい、人を食ったような剣ではないか。

だが、その凄さは、さっき男たちが皆、度肝《どぎも》を抜かれたほどである。

「ほう、できたての技か」

二人はいまから詰所にもどり、明日の朝早く、村雨だけがいちおう絵島の供をすることにした。

集まった浪人どもは、安堵の顔で、それぞれの家にもどって行った。

もしかしたら、雇い主が何かしてくるのではないかと心配する声もあったが、それはないはずである。

しくじった計画を、しつこく詮索するほど、連中も暇ではない。

「いよいよ明日か」

「ああ。だが、わたしは何か気がかりなのだ」

と、志田が言った。

村雨が言った。

それは昨日あたりから、ぼんやり感じている不安なのだ。

「何が？」

「一つ、大事なことを忘れている気がするのだ」

「大事なこと？」

「そうだ。肝心な線まで辿《たど》っておきながら、その先へ行っていないものがあるのだ」

いろんなことが相次いだ。

そのため、見過ごしてしまったものがあるのだ。

村雨広は足を速めた。

## 十五

翌日――。

絵島は駕籠から外を眺めていた。

穏やかな春の日である。

桜の花がほころび始めている。木の下で、のんびり花を見上げる町人たちが見えている。

あと四、五日もすれば、ここらは花見客や酔っ払いでごった返すことだろう。

参拝の日は今日だったのは幸いだった。

行列というほどのものではない。

駕籠に乗っているのは絵島一人。それに奥女中が五人と、警護の者が七、八人付き添っている。

もちろん、これが月光院であれば、行列はこの何倍にもふくれあがる。

それでも月光院は、ものものしい行列などを好まない。そこは天英院と違って、いかにも庶民の出である。

駕籠のわきに、村雨広がやって来て、

「絵島さま」

と、声をかけた。

「襲撃か？」

絵島は訊いた。すぐに懐の短剣に手をかけた。悲鳴を上げて転げ回るような、みっともない真似はしたくない。

「いえ、襲撃はありませぬ。憂《うれ》いはすでに取り除きました。ご安心して、参拝をおつづけください」

「そうか」

「わたしはここで失礼し、大奥のほうに控えたいと存じます」

「大奥でなにかあるのか？」

「おそらく。われらが絵島さまのほうを警戒して大奥からいなくなるのも、敵の狙いであったと思われます」

「そうだったのか」

「では」

村雨広が駆け去るのを絵島はぼんやりと見送った。

絵島は一つため息をつき、それからぼんやりと好きな男のことについて考えた。

——なぜ、こんな恋をしてしまったのだろう？

自分でも不思議だった。

荒々しさや隠しきれない野心、そういったものが魅力的だったのだ。上品な武士にはいないが、しかし武士というのは本来、こうした男たちであったのではないか、そんなことを思わせる男だった。

駕籠が寛永寺の本堂の前につき、出迎えに出た大勢の僧侶たちが見えた。

# 第五章　天守閣

## 一

将軍徳川家継が朝から退屈していた。

なにせ、周囲を女たちが取り巻き、駆け回ることもできない。

今日は中奥にも行かないことになっている。ふだんはかたちだけの政務を取るため、いったん中奥に行き、それから表にもちらりと顔を見せる。老中たちの挨拶を受けたりもする。

「上さまには、ご機嫌うるわしゅう」

「ふう」

「お風邪など召しませぬよう」

「おんも、行きたい」

などという茶番が繰り返されるのだ。

だが、曲者《くせもの》の所在はまだわかっていない。

新井白石などは心配のあまり、ここ数日はお城に泊まり込んでいる。

「ねえ、ねえ、母上」

と、家継は月光院にすがりつく。巷《ちまた》の子どもの中にいたとしても、かなり甘えん坊のほうに入るだろう。

「なんでしょう?」

「遊びたい」

遊びに来るはずだった同年代の少年は、一人は風邪をひいた。うつすと大変だというので遠慮したいと言ってきた。

もう一人は、曲者が入り込んだというのを聞き、警備のお邪魔になってはと、引き返してしまったらしい。

もう一人がまだ来ていない。新しく加わった遊び仲間だが、子どもなのに家継の顔色を窺《うかが》ったりできるため、お気に入りなのだ。

「遅いなあ。桐丸《きりまる》は」

「今日はお諦めになっては」

「嫌じゃ。そなた、呼んでまいれ」

奥女中にわがままを言った。

月光院はため息をついた。悩みの種である。

家継は将軍である。いずれ人々の前に姿を見せ、天下を睥睨《へいげい》しなければならない。そのためには甘やかしてはいけないと、それは思う。誰よりも我慢というものを学ばなければならない。

だが、まだ五歳の子どもである。わがままも言いたければ、べたべた甘えたくなるときもある。そういう願いはまずぜんぶ叶《かな》えてあげてから、徐々に我慢というものを身につけさせていけばよいのではないか。

そう思っていたとき、

「家継さま、これはなんでございましょう」

と、歳《とし》のいった奥女中が言った。

子どもの扱いがうまい。

小さな亀を手にしている。池から仔亀《こがめ》をつまんできたようである。家継は、小さな生きものや虫などにやたらと興味を示した。

自分にもそうした性向があった。ふつう、女の子は虫などを嫌うと言われるが、お輝は大好きで、村雨広といっしょに大川の河原にトンボを捕りに行った記憶もある。

「なんじゃ、なんじゃ？」

家継はようやく気を紛《まぎ》らわせてくれたようだった。

二

「不動坊さま。早めに呪文を終わらせるというわけにはいきませぬか？」

平川門のほうから大奥へ案内してきた女中が、不動坊に訊いた。

「早めに？」

不動坊は大きな目で女中を見た。

弁慶《べんけい》に似ている、と大奥の女中たちのあいだで評判になっている。六尺（約百八十二センチ）を越す大きな身体は、岩のような筋肉でおおわれている。たしかに浮世絵で見る、釣鐘を引きずる弁慶のようである。

野太い声だが、これが呪文を唱えるときなどは、なんとも心地よい響きとなる。

奥女中の中にはうっとりしてしまう者もいる。不動坊自身、その効果を知っていて、女たちを魅了すべく、呪文はときに甘く囁《ささや》くように、ときには情熱の限りを込めて発せられるのだった。

不動坊は一度、訪れただけで、大奥の女中たちの人気をつかんでしまった。それが、天英院をして、「もう一度、なんとしても不動坊の呪術を」という願いにもつながったのである。

「はい。曲者が入り込んでいるからと、見回りの者たちもうるさく言っております」

「それは多少のことはできますが、昨夜もなにか出たらしいではないですか？」

「そうなのです。あっ」

奥女中は思い出したらしい。

「どうなされた？」

「昨夜見たものを思い出してしまって」

顔色は蒼《あお》ざめている。

奥女中たちが居住する一画は、長局《ながつぼね》向きと呼ばれる二階建ての長屋になっているが、ここの西側の窓は天守閣のすぐわきに位置した。

見なければよかったと思う。だが、見えてしまったのである。

「カラスとは違ったのですか？」

「赤子《あかご》が……小さな赤ん坊が宙に浮いていたのです」

「赤ん坊が出ましたか。あれは小さなわりに霊力は強いものでしてな」

不動坊は、感情のこもらない静かな声でそう言った。だから、奥女中にはなおさらその霊力とやらが、恐ろしく感じられた。

「まあ」

「まさか、斬りつけたりは？」

「あっ。していました。槍で突いたりも」

「ううむ」

不動坊は顔をしかめた。

「ああ、そうですよね。赤ん坊の霊を斬ったり突いたりしたら、いいわけがありませんよね」

奥女中は泣きそうである。

「悪霊がいるから、曲者も跋扈《ばっこ》するのではないですかな」

「ええ。長さなど気にせず、これは不動坊さまにたっぷり祈っていただかなければなりません」

奥女中はすがりつきたそうにして言った。

大奥への入り口でもある御広敷《おひろしき》というところにやって来た。

大奥は男子禁制と言われているが、厳密には将軍の寝所となる御殿向きと呼ばれる一画だけで、あとは随時、男たちも出入りする。ここ御広敷には、事務官や警備の伊賀者が常駐していたし、さらにご用達《ようたし》の商人たちも顔を出した。

ここに、呪法をしてもらいたい女中たちが十数人ほど集まっている。天英院もまもなくやって来るという。

「では、さっそく始めますかな」

不動坊は気楽な調子で言った。

不動坊の呪法は、まるで勿体《もったい》ぶったところはない。

背負ってきたつづらを下ろし、この上にごく小さな護摩《ごま》の炉《ろ》を置き、火を燃やす。それだけである。

不動坊は真剣な表情で祈り始めると同時に、足の先で下においたつづらを軽く、
こっ、こっ、こっ。

と、三度叩いた。

三

川村白兵衛は中奥にいた。将軍が日常過ごすところで、本丸の中ではこの一画がいちばん静かである。

ごく目立たないふうを装って廊下を歩き、さりげなく厠《かわや》に入った。

廊下の途中で、一つ向こうの部屋に新井白石が座っているのが見えた。ひどく深刻そうな顔をしていた。それもそうだろう。おのれの不手際が明らかになる。蝶丸の色香に迷い、白兵衛を城中に引き入れてしまったのだから。

白兵衛はにやりと笑った。

ここまで入るのは難しくなかった。

なにせ人の出入りが多い。それぞれが出入りする者同士、互いに見知っているわけがない。相応の恰好《かっこう》さえしていれば、どんどん奥に入って来られる。

相応の恰好は、そのつど手に入れる。

まずは、人けのないところで人が来るのを待ち、やって来た者の首を絞めるなり、頭を殴るなりして命と着ているものを奪う。

本丸の庭の奥に一つ、それと表の厠の肥溜《こえだめ》の中に一つ、遺体を隠してある。どちらもまだ見つかっていない。

問題はこの先である。警備は急に厳しくなりそうである。聞いてはいたが、あらためて感心した。たかがこわっぱ一匹に、これほどの人員を投入するのだった。

白兵衛は、目にかぶせていた白いギヤマンの膜を取ってある。

これで視界も完璧になっている。

ほかの感覚を鋭くするためにこれをした、身近な者からはそう思われている。そうではなかった。世の中のいろんなことをはっきり見たくなかったので、自分で始めたことだった。

和歌山の町で見かけた眼鏡《めがね》のかけら。それを削ったり磨いたりして自分でつくったものである。

十二の歳だった。あらゆる人やものが嫌で、そのくせ死ぬのもたまらなく恐かった。子どもらしい突飛《とっぴ》さで、ならばこの世の一切合財《いっさいがっさい》を見なければいいのだと思った。

目をつむっていればいいのだが、咄嗟《とっさ》のとき、どうしても開いてしまう。それを防ぐには、目になにかかぶせるしかなかった。

だが、おかげでほかの感覚は研《と》ぎ澄《す》まされた。

聴覚や嗅覚だけでなく、風を感じる感覚が鋭くなった。それは、真っ暗闇の中でも、目の前にいる人の動きがわかるくらいになった。

意識を捨て、感覚だけに頼って動く夢想剣はこうして生まれたのだった。

――この先は女に化けたい。

そうしなければ、大奥までは行けない。

大奥まではあとほんの少しである。

火を点《つ》けることにした。

厠には畳も敷かれている。個室の一つに入り、床の畳を切って、いぐさをほどき、三角に積み上げた。火種を取り出して点けると、すぐに燃え上がった。

白煙が厠に満ちた。

白兵衛は飛び出し、大奥のほうに行き、入口のすぐそばにいた奥女中に、

「小火《ぼや》でござる。桶に水を」

と、小声《こごえ》で言った。まだ大騒ぎにはしたくない。寄ってたかってすぐに消されてしまっても困るのだ。

奥女中はすぐに、駆けつけて来た。

厠に入ると同時に、この奥女中の首に手刀を打ち込み、気絶させた。

身体をひきずって、厠のいちばん奥の個室に入れた。

打掛《うちかけ》を脱がせて、すばやく羽織った。袴を脱ぎ、着流しにした。白い無地の着物である。

蝶丸といっしょにいたため目立たなかったが、白兵衛もまた美男だった。

髷《まげ》は急にごまかしようもないので、手ぬぐいをかぶった。

どさくさに紛れれば、どうにかなってしまうだろう。

「火事じゃ、火事じゃ」

白兵衛はわめきながら大奥に進んだ。

## 四

村雨広は大奥の外、天守閣の下あたりにいた。

さすがに江戸城の天守台だけあって、巨大な石組である。黒く焼けたようになっているのは、じっさい明暦《めいれき》の大火で焼けたせいだという。

全国の藩の城に天守閣があるのに、江戸城の天守閣は新たに建てられずにいる。

倹約ぶりを標榜するためなのだろうが、幕府もなかなかたいしたものではないか。

愚かな為政者であれば、なにをさておいても江戸城の天守閣を再構築して、天下に威容を示そうとするだろう。そうしたこけおどしをしないだけでも偉いものだと、塚原卜伝の剣を学ぶ者としてそう思う。

村雨はその天守台を見上げ、

「ふうむ」

と、唸った。

どうもこの天守閣が気になるのだ。

一昨日の夜は、ここに燃えるカラスや赤ん坊のお化けが出たらしい。何かからくりのようなものを使ったのではないか。

どんなからくりを使えば、そうしたことができるのか。

それに、からくりはそれだけで済むのだろうか。

悪霊を鎮《しず》めるためと称して、いま山伏が来ている。

その山伏には志田小一郎が張りついている。志田なら、不慮の事態にもうまく対応してくれるだろう。

桑山喜三太は村雨といっしょにいる。

足も少し引きずるくらいで、見回って歩くのに支障はない。

するど、騒ぎ声がしてきた。

「おい、火事だとかなんとか言ってないか」

桑山が耳をすました。

「たしかに」

村雨にも聞こえてきた。女たちの悲鳴も混じっている。

「これは慌てるとまずいぞ」

と、桑山は言った。

「まさに」

村雨もうなずいた。

騒ぎを起こし、そちらに人の注意を向けさせておいて、別のほうからことを成し遂げようとする。いかにも忍びの者がやりそうな手口だろう。

——この騒ぎは、敵だけでなくわたしも利用できないものだろうか……。

小火騒ぎを耳にしながら、村雨はそう思った。

あのお輝が、お城の暮らしを望むなんて、どう考えてもしっくりこなかった。

つまらない贅沢になど、まるで興味を示さなかった。小さな楽しみを見つけるのがうまく、虫を飼ったり、草花を育てたりするのが大好きだった。

あれは、別れを迎える数カ月前だった――。

道場仲間が持ってきた用心棒の仕事は、かなりの危険を伴なったため、三両という礼金になった。それでお輝に、高価な砂糖菓子をみやげに持って帰ったのだ。

「広さん。これ、どうしたの？」

「儲《もう》かったからな。その金で買ったんだよ。うまいらしいぜ。食ってみなよ」

ぶっきらぼうな調子で言ったが、以前からお輝に食べさせてあげたいと思っていた。

「いけないよ。そんな贅沢は」

「いいだろうよ。わたしが稼いだ金だ。それに、もう返せないよ。いいから、食べてみなって」

お輝はとまどいながらも口にすると、

「ほんとにおいしいね。でも、もう買っちゃ駄目だよ、広さん」

そのときの笑顔はまだ忘れない。

お輝が変わったとは、とても思えなかった。

かすかな笑みをたたえた目元も、最初に一言を出すときのちょっと考えるような表情も、まるで変わっていない。

人が変わるものだというのはわかっている。だが、お輝の温かい魂も賢さも、まだあのときのままなのだ。

――いまの身分はなろうとしてなったのではない。

だから、心の底では元にもどりたいと思っているはずだった。小さな幸せに満ちた市井《しせい》の暮らしに。

――このどさくさにまぎれて、月光院を連れて逃げることはできないだろうか。

月光院としてではなく、お輝として生きて行くことを本当なら望んでいるのではないか。

――訊いてみろ。

と、村雨は自分に言った。

## 五

「火事だ」

と騒ぐ声は、御広敷のところまで聞こえてきた。

伊賀者が何人か、声のするほうに向かった。

「何を騒いでおるのかな？」

と、不動坊が落ち着いた声で訊いた。

「火事だと言ってますが」

奥女中の一人が不安げに言った。

「なあに、これだけの人がいるのだから、すぐに消しますよ。それよりも、この霊をなんとかしないと、また火事も起ころうというものでしょう」

不動坊がそう言うと、奥女中たちも首を縦に振った。強い説得力で、皆、素直になってしまうらしい。

「上さまは火事のほうにおられるのか？」

と、不動坊は訊いた。

「いいえ、こちらの御殿向きにいらっしゃいます」

「ならば大丈夫だ」

「はい」

奥女中たちはうなずいた。

「さて、次は天守閣のところでやらねばなりませぬな」

不動坊は、皆を引き連れるようにして、いったん外へ出ると、天守閣のほうへ向かった。

志田もそのあとにつづく。志田がぴったり不動坊につき、桑山と村雨はまだ現われるかもしれない敵を見張ることになっている。

ただ、誰も気づかなかったが、不動坊はつづらを置きっぱなしにしたままである。

御広敷に急に人けがなくなった。

まだ火事を告げる声は聞こえている。

「小火だろう」

「わからん。だが、ずいぶん騒いでいるな」

「ああ。ちょっと見てみよう」

残っていた伊賀者も、中奥のほうへ向かった。

そのときである。つづらの蓋《ふた》が取れた。

家継が心待ちにしていた桐丸が姿を見せた。

いや、桐丸ではない。似てはいるがそうではなかった。

しかも、身体は五歳並みに小さかったが、表情は五歳ほどには見えない。おそらくおくての少年が、五歳の子どもに化けているのだった。

だが、こんなどさくさのときに、子どもの顔をどれだけ区別できるのか。

「家継さま、桐丸が遊びにきましたよ」

少年はそう言いながら大奥の中に駆け出して行った。

## 六

徳川吉宗は、城に行くつもりはなかった。今日はこの上屋敷でじっとしているつもりだった。

今日、大奥で起こることはすべて自分とは関わりのないことである。

それは、川村幸右衛門からも言われている。

「何もつながりません。あなたさえ、出て来なければ」と。

そこへ、客が来た。

老中の井上正岑だった。

「どうもうまくいきませんでした」

と、井上は言った。

「絵島の駕籠を襲わせる浪人者たちですが、今朝になったら急に怖気《おじけ》づいてしまったらしく、皆、逃げてしまっていたのです」

「何がでしょう?」

「金で釣ったのでしょう?」

「ええ。四両ずつは置きっぱなしになったわけです」

四両、と井上は言ったが、それがどれほどの重さかは、井上も吉宗もわからない。

「腰抜けばかりだったのですか」

「そういうことになりますか。ただ、襲撃がうまくいって、絵島を殺してしまっては、逆にこっちの付け込むところが無くなります。そこで適当に口入れ屋あたりで捜したのがまずかったかもしれません」

「口入れ屋で」

なんともおそまつな策だと吉宗は思った。

井上正岑は、吉宗を熱烈に支持してくれている。だが、それは吉宗の人となりや政策を気に入っているからではなく、単に間部詮房の存在を抹殺したいがためのことなのだ。

この手の人間は、成り上がり者をひどく嫌う。能楽師から側用人にまで成り上がった間部を憎くて仕方がないのだ。

——くだらぬ男だ。

と、腹の中ではそう思っている。

吉宗のほうからはひそかな戦略についていっさい伝えていない。この男が仕掛ける罠《わな》を黙って眺めているだけである。

あまりにも稚拙《ちせつ》な罠と思えるときも口を出さない。それは、吉宗が手を回して失敗させるだけである。

ただ、今度のことには手を出していない。もともと、絵島の駕籠が襲われたくらいで、月光院一派を追いつめるなど無理なのである。せいぜい、井上の家中が名を上げる程度のことで、そんなさもしい望みも絵に描いた餅《もち》で終わったのだった。

「では、吉宗さま。また、新たな策を思いついたら、お知らせいたしましょう」

「かたじけなく存じます」

吉宗は馬鹿馬鹿しく思いながら、頭を下げた。

井上がいなくなると、吉宗はまた、落ち着かない気分になって来た。

あの者たちはうまくいっているのか。

川村左京によると、川村白兵衛と不動坊は、たしかに本丸へ潜入したという。

ただ、蝶丸はまだらしい。

「もしかしたら、大奥同心の誰かに倒されているかもしれません」

と、川村左京は言った。

川村一族の手の者が二人もつづけて敗れるなどというのは初めてのことではないか。彼らは、これまでの困難な指令をことごとく成功させてきたのである。

「我慢ならぬ」

吉宗は立ち上がっていた。

七

村雨広はもう何度も大奥の周囲を回っていた。

いったいどこから敵が出現するのか。

不安である。

「火事だ、水を持ってまいれ」

そんな声もしきりにしている。

不動坊が奥女中たちをぞろぞろ引きつれてこっちにやって来るのが見えた。立ち止まり、のん気そうに何か冗談でも言っているらしく、笑顔も見えた。

志田がすぐ後ろに控えているが、それにしてもどこかちぐはぐな感じがする。

「あ」

と、村雨は声を上げた。

不動坊はなにもかついでいない。錫杖を手にしているだけである。

さっき大奥に入るのをひそかに見ていたが、つづらを背負っていた。あのつづらには何が入っているのだろうと、そのときもちらりと思ったのである。

「どうした、村雨？」

と、桑山が訊いた。

「つづらだ」

「つづら？」

「子どもなら、あの中に入ることができる」

「なんだと」

ここは御広敷から反対のところである。大奥のいちばん奥と言ってもよい。

「わたしが行く。桑山さんはここに」

そう言って、ぐるっと回ろうとしたとき、裏手の窓から月光院の姿が見えた。

「お輝」

と、思わず名前を呼んだ。幸い、近くには誰もいない。

月光院がこっちを見た。

「どうしました?」

「上さまに子どもを近づけてはいけませぬぞ」

「子ども?」

「あ、あの子が」

村雨は、向こうの部屋にいる幼い将軍のところに、小さな男の子が駆け寄っていくのを見た。

だが、もう接近している。

「家継さま。桐丸ですよ」

男の子は言った。

「桐丸、遊びに来たのか」

家継も駆け寄って行く。

「桑山、この窓から向こうの子を撃て」

と、村雨が叫んだ。

桑山が矢をつがえた。

「子どもを撃つのはやめて。子どもを殺してはいけません」

そう言ったのは月光院だった。

桑山は矢を放った。

子どもの袴《はかま》の裾を撃ち、矢で走る足を止めた。

子どもは前につんのめるように倒れた。手に光るものが見える。

贋《にせ》の桐丸は短刀を隠し持っていた。

月光院のそばにいた奥女中がそれを取り上げ、贋の桐丸の手をひねり上げた。

おそらくくノ一なのだろう。武芸の心得は充分だった。

家継は異常を察知したらしく、月光院のところに駆け寄り、足にしがみつき、

「桐丸はどうしたの？」

と、訊いた。

「可哀そうに、何もわからぬまま利用されて」

と、月光院はつらそうに言った。

# 八

「くそぉ」

不動坊が凄い勢いで駆け寄ってきた。いまの一部始終を見ていたらしい。錫杖を激しく回転させながら投げた。

桑山は矢の行方を見守っていたところで、これに足を払われた。

「うわっ」

横に倒れ、そのままごろごろと地面を転がった。

錫杖が当たったとき、嫌な音がした。怪我を負ったのは間違いない。脚絆《きゃはん》をつけているが、それでも血がにじんでくるのが見えた。また、足をやられたのだ。

「邪魔をしやがって」

錫杖を拾って軽々と振り回す。凄まじい腕力である。

後ろから追ってきた志田が斬りつけるが、錫杖に刀をはね上げられ、足で蹴られた。三間（約五・四メートル）分ほど後ろに吹っ飛んだ。

他にもいる護衛の者たちが不動坊を取り囲む。だが、あの怪力に立ち向かえるのか。

村雨も刀に手をかけて、不動坊に立ち向かおうとしたとき、

「助けて、村雨広」

大奥の中で月光院の声がしていた。新たな危機が迫っているらしい。

大奥の中は混乱していた。

奥のほうでは黒い煙も見えている。火事を消し切れず、こちらに迫ってきているのか。

こうなると、男子禁制は言っていられない。

だが、ここからは入ることができない。

「開けてください。ここを」

村雨が叫んだ。

「駄目です。扉がありません」

「わかりました。月光院さま、そこをお下がりください」

村雨は、不動坊に倒された伊賀者の刀を取り上げ、剣を振りかぶった。

板壁に斬りつけた。次の一太刀《ひとたち》は、逆袈裟に。

縦に。横に。

数え切れないくらいに斬った。

汗が流れ、斬るたびに飛び散った。

壁が壊れてきた。

足で蹴る。小さな穴が開いた。

「いま、そちらに参ります」

と、小さな穴をくぐった。木の端が額を傷つける。

中に入ると、こちらからも斬る。だいぶ大きくなった。怪我をしないよう、周囲もきれいに斬る。

「さあ、月光院さま。逃げてください」

「あなた、頭から血が」

月光院が着物の袖を村雨の額に押し当てるようにした。顔が近づき、目と目が合った。

「大丈夫です。これしきの怪我」

「村雨広、連れて逃げてください」

月光院の手を引いた。

初めてではないか。お輝の手を握ったのは。

いや、幼いころは数え切れないくらい握っていたはずである。それがお互いを意識し合ったとき、手を握るというのが特別な意味を持ちはじめ、触れることさえできなくなってしまったのだ。

遠ざかり、ふたたびもどってきたのは、小さくしっとりとした手だった。それが村雨の手に柔らかくからんできた。

「家継さま。いっしょに逃げますよ」

月光院は後ろを振り向いて言った。

家継は奥女中の背中におんぶされ、もう一人の奥女中が後ろから持ち上げるように手を添えていた。

村雨が開けた穴をくぐって、外に出た。

煙はなく、息が楽になった。

「お輝」

と、村雨広は小さく叫ぶように言った。

「はい」

返事が来た。

「このまま二人で逃げよう」

「え？」

「城から逃げよう。あのつづきを生きよう。十年前のあの日から、二人でやり直そう」

村雨広は言った。それは、必死の告白だった。

このどさくさはこのままにして、化け物のような刺客たちを暴れさせておけば、あるいは城から抜け出すことも夢ではないかもしれなかった。

「村雨広……」

月光院の声がかすれた。

「駄目か？」

「嬉しい」

動きながら見つめ合った。

天守閣へ登る階段があった。

「登りましょう」

村雨が手を引いた。

だが、上では乱闘の物音や気配がある。どうやら不動坊が暴れているらしい。

## 九

そのとき、さっき村雨広が壊した壁から、血まみれの男が姿を見せた。

川村白兵衛だった。

いったん中奥から広敷に出て、それから家継の姿を捜した。

煙や混乱のため、方角もわからなくなったが、とにかく斬って斬りまくった。

大奥の間取りはだいたいわかっていて、将軍のいる御座《ござ》の間をめざした。だが、すでにもぬけの殻《から》だった。

「どこに逃げた？」

なんと背後の板壁に穴が開いていた。

これは予期せぬことだった。ここで将軍家継を守る者たちを追いつめられるはずだった。

――こたびは、これまでなのか。

と、白兵衛は思った。

であれば、あとは退却だけを考えるべきだった。

ここまでやれたのである。機会はまた、めぐるはずだった。頭領の叔父貴《おじき》もしくじりについてはうるさくなかった。叔父貴がもっとも嫌悪するのは、やる気が失《う》せることで、白兵衛の闘志はくじけていなかった。

白兵衛は天守閣の台を見上げると、階段は使わず、石垣をよじ登り始めた。わずかな隙間《すきま》に指を入れ、軽々と自分の身体を持ち上げていく。

その白兵衛は、不動坊のつづらを背負っていた。

白兵衛が上の台に登り切ると、不動坊はまだ錫杖を振り回して暴れていた。

「おう、白兵衛。将軍をやったのか？」

と、不動坊が訊いた。

先を越されたなら越されたでしょうがないと言った調子である。それなら、あとはここから無事に逃げるだけである。

「駄目だ。お前は？」

「あと一歩のところで、邪魔されたようだ」

不動坊は台の上から、下で立ち上がろうとしている桑山を睨んだ。

「神妙にしろ」

伊賀者たちはさらに数が増え、もう三十人ほどが取り囲んでいる。だが、なかなか決着がつかずにいた。

「不動坊。いま、わしがそなたの翼を広げる。そのあいだ、寄せつけないでくれ」

「おう。お前、それを持って来てくれたか」

白兵衛はつづらを下ろし、それを引いたり叩いたりし始めた。

すると、つづらは畳まれていたものが広げられるように、大きくなっていくではないか。

「お前、それの使い方を知ってたのか?」

不動坊は、伊賀者を一人、台から蹴り落としながら訊いた。

「陰に隠れて見ていたのさ」

「なるほど」

「あれは逃げるときにいいなと思っていた」

「そうだったか。だが、生憎《あいにく》だ。これは二人は使えぬ。わしと、息子の千寿坊《せんじゅぼう》と、二人でどうにか飛べるものなのだ」

「そうなのか」

白兵衛はそう言って、広げ終えたものを見た。

それは大きな翼になっていた。

十

「千寿坊」

不動坊は叫びながら、錫杖を振り回した。

「聞いてるか、千寿坊。死ぬんじゃねえぞ。かならず助けに来るからな！」

一振りすると、二人は台の上から転げ落ちていく。

まともに相手をしているのは志田小一郎だけで、あとは皆、及び腰でやられるがままといったありさまである。

志田の手裏剣も当たってはいるのだが、どうも鎖帷子《くさりかたびら》のようなものを着込んでいるらしく、弾かれてしまう。

「志田。月光院さまを守ってくれ。わたしが相手をする」

村雨は志田の後ろから言った。

「そうか」

志田もこの怪力ぶりには手を焼いたらしい。

村雨広が前に出た。

刀を握っている。自分の刀ではない。倒れていた伊賀者の刀を借りた。

いま、両の鞘《さや》に入っているのは、いずれも短い刀である。だが、この山伏の相手をするには、もっと長い刀が必要だった。

「うぉお」

前に出た村雨に不動坊が錫杖を振り回してきた。これをぎりぎりでかわす。

何度も同じ動きがつづいた。

村雨も息が切れてくる。

「逃げてばかりじゃカタはつかぬぞ」

不動坊は嬉しそうに言って、これで決着をつけようとばかりに、大きく踏み出してきた。

これを待っていた。

突風のように横殴りの杖がきたとき、村雨は大きく沈み込み、かわしながら剣を横に払った。

「ぐわっ」

不動坊が悲鳴をあげた。

右足の脛《すね》が断ち切られていた。倒れるまではいかないが、骨も半分ほどは切れているはずである。不動坊のような太い足ではなかったら、完全に断ち切っていただろう。

これぞ新当流の秘剣の一つ、〈笠の下〉である。〈一つの太刀〉とともにその名を知られるが、しかしその実体はよくわからない。

したがって、村雨がいま使った技も、卜伝のそれとは違うのかもしれない。

「くそっ」

不動坊はよろめきながら後ろに下がり、翼になったつづらを摑もうとした。

だが、伸ばした不動坊の腕が飛んだ。

「なんだ、いったい」

腕があったあたりを見ながら驚愕した。

「この翼はわしがいただくのさ」

と、白兵衛が言った。

## 十一

「なんだと」

不動坊が白兵衛を睨んだとき、白兵衛の剣が走った。

それは不動坊を袈裟斬りにした。

不動坊は声を上げることもできず、仰向けに倒れた。意識は途切れただろうに、それでも血は激しい勢いで噴き出している。

「まさか」

これには村雨も驚いた。

仲間同士だと思っていたが、追いつめられ、ついには逃げる手立て欲しさに仲間を斬ってしまったらしい。

「ひどいことをする」

村雨がそう言うと、

「きゃははは」

白兵衛は答えずに笑った。

白兵衛の剣がそのまま止まらない。

不思議な剣である。

まるで夢を見ているようにゆらゆらと揺れる。だが、根本の体勢は揺らがない。

右手一本で刀を持っている。

左手は蝶々のようにひらひらと宙を舞う。これが、かなりの目くらましにもなっている。

そうして、倒れるように敵に接近する。敵の刃はぎりぎりでかわしながら、右腕や目などを一閃《いっせん》する。

傷も浅いし、刃こぼれなどにもなりにくいが、斬られたほうはもう戦えない。

逃げ惑うだけである。

これなら何十人とでも戦えるのではないか。

現に、伊賀者が次々に斬られていく。

だが、舞踊のような剣だと思えば、さっき不動坊を斬ったような豪剣も繰り出される。

卜伝流とはまた違った味わいの、変幻自在だった。

「下がれ、皆、下がれ」

村雨が叫んだ。

だいたいが、集まりすぎなのだ。こんなにうじゃうじゃ囲んでも、逆に戦いにくいだけである。

腕の立つ者も何人かいるが、こうも密集してしまったら、同志討ちが続出しかねない。

「どうだ、夢想剣」

と、白兵衛が言った。

歌うような響きがあった。剣の道を究《きわ》めようなどと思う男にありがちな偏頗《へんぱ》な性格を感じた。むろん、それは村雨自身にもある。

剣の名前らしい。

――名乗らないと失礼か。

偏頗な者同士である。

村雨が一歩、前に出て、

「秘剣、月光」

そう言ったときは、左右両手に短い二刀を持っていた。

# 十二

——本当に完成したのか？

村雨広に完全な自信はない。まだ迷いもある。あるいは、卜伝の剣というのはそういうものなのかもしれない。完成などというのは、見果てぬ夢であると気づかせるための剣。

中途半端な剣であれば使わないほうがいい。

だが、並みの剣ではこの男に太刀打ちできないかもしれない。ならば試すしかない。

両手に持った長さもかたちも同じ二本の刀。これが左右まるで別の動きをする。

しかも、その動きは絶え間がない。

やがて、対峙《たいじ》する者は不思議な光を目《ま》の当たりにする。

光は淡く、霧のようにも見えてくる。

だから、月光——なのかもしれなかった。

上段にあると同時に下段にもある。

右にありながら左にもある。

さらに青眼に構えつつ、八双でもある。

「目がおかしいのか」

と、白兵衛はつぶやき、何度も目をしばたたかせた。

「くそ」

白兵衛は目をつむった。

「見えなければ騙《だま》されまい」

白兵衛は勝ち誇ったように言った。

「生憎だ。この剣は目の錯覚ではない。剣そのものが、つねにあらゆるところにあるのだ」

と、村雨は言った。

「なにを訳のわからぬことを」

苛立った口調である。意外に理詰めで物事を考える男なのかもしれない。

まだまだ不可解な思いにとらわれるはずである。この剣は、常識ではかれない。

頭で考えてもわからない。

「うぉおお」

喚《わめ》くような声を上げて、白兵衛が斬り込んできた。

これを二刀が受けた。白兵衛はそう思っただろう。だが、そのときに一刀は深々と胸を突き、もう一刀は白兵衛の背中を斬っている。

まるで、七本とか八本の刀と斬りむすんだような、あるいは千手観音像《せんじゅかんのんぞう》と向き合ったような気がしたはずである。

——刺客はこれですべてか？

振り返ったときだった。

さっき白兵衛に袈裟がけに斬られたはずの不動坊が突然、動いた。

「あっ」

不動坊は翼のかたちになっていたつづらを背負うと、いきなり天守閣から宙に飛び出した。

「なんだと」

皆、いっせいに天守閣の縁に立った。

「そこをどいてくれ」

後ろで桑山が言った。

足をやられた桑山が弓を引き絞っていた。

「あいつ、渾身《こんしん》の力を振り絞ったのだろう。だから、わしも渾身の力で」

そう言って、弓を放った。

ひゅう。

放たれた矢は宙を滑走していた不動坊の首、ちょうど盆《ぼん》の窪《くぼ》と呼ばれる急所に突き刺さっていた。

十三

「まだ、ほかにも刺客が来ているのではないか」

村雨は月光院の護衛を志田たち伊賀者にまかせ、もう一度、大奥に足を踏み入れた。

中は混乱していた。それでも火事はおさまったらしく、煙はさきほどよりも薄れていた。

前後左右、次々に部屋が現われる。

ここはまさに迷宮だった。

ふと、大きな男が前に立ちはだかった。

「曲者」

いきなり斬りかかってきた。

八双の剣。斬られれば、袈裟掛けとなる。

踏み込みの鋭さも並ではない。海の中で鮫に襲われたようである。

「うぉっ」

後ろへ飛ぶように、のけぞった。

危うくかわした。凄まじい豪剣だった。

さらに第二波。横殴り。

これも逃げた。

受けてはいけない剣である。受ければ手が痺《しび》れ、次の動きに支障が生じる。

二刀で軽くかわしたい。

だが、一本は白兵衛を仕留めるのに突き刺してしまった。

すなわち、秘剣月光も使えない。

「曲者ではありませぬ」

と、村雨広は叫んだ。

「いや、わしにとっては曲者だ」

と、大男は言った。

「え？」

羽織の紋を見た。葵《あおい》の紋だった。

――そうか、この方が。

紀州藩主、徳川吉宗だった。

「きさま、よくも」

何度も斬りかかってくる。

吉宗は見ていたのだろう。あの山伏や、奇妙な剣を遣う男と戦うところを。

自分の差し向けた刺客が倒された。その恨みなのに違いない。

村雨は逃げながら、畳に刀を突き刺し、これを撥《は》ね上げた。畳を盾にするつもりだった。刃は畳に食い込み、抜けなくなるはずだった。

「てやぁあ」

吉宗は畳を真っ二つにした。

「なんと」

村雨は驚嘆した。これほどの豪剣は見たことがない。第一級の剣客だった。

この強さは、権力への執念がもたらすのだと思った。

意志の力。

畢竟《ひっきょう》、この世はそれなのである。

とすれば、月光院は敗れるだろう。

このような意志に拮抗《きっこう》できるものを持っているのか。

王者はやはりこの人なのか。卑劣な手であろうとも、頂点に立ちさえすれば、それは計略として逸話の枠におさめられる。

――であれば、なんとしてもいま。

どさくさにまぎれて倒してしまえば、月光院にとって最大の敵を葬り去ることになる。

村雨広はもう一枚、畳を撥ね上げた。吉宗がそれに斬りつけたとき、しゃがみ込んだ村雨は畳に刀を突き刺そうとした。

刃は吉宗の腹に刺さる。それをえぐれば、いかに巨体の吉宗であろうと、助からない。

そのとき――。

「吉宗さま」

大きな声がした。

「む」

振りかぶった吉宗の刀が止まった。

畳のこちらにいる村雨広も、刀を突き刺すのをやめた。

「その者は曲者ではありませぬぞ」

そう言ったのは間部詮房だった。

「刀をお納めください」

新井白石も言った。

間部詮房と新井白石が、徳川吉宗を睨んでいた。いかに吉宗とはいえ、この二人が止めるのを強行することはできない。

「では、この者は何者なのだ？」

と、吉宗が訊いた。

「村雨広と申す、月光院さまのために働く者です」

新井白石がきっぱりと言った。

# 十四

吉宗が刀を鞘《さや》に納めたとき、後ろから女たちの一団がやって来た。

「そこをお通しください」

と、奥女中が言った。

「家継さまと月光院さまが西の丸に避難いたします」

村雨はわきに避けた。

ここはおそらくもう安全であるはずなのだ。

だが、ここまで混乱してしまったら、家継を避難させたいと思うのも無理はないだろう。

「さ、月光院さま」

奥女中が後ろに声をかけた。

月光院が家継を自分の手でしっかりと抱きかかえたまま、やって来た。それはまぎれもない母の姿だった。十年のあいだに、ひよわで賢かった少女が、強くてやさしい母になっていた。だとしたら、それはなんと長い歳月であったことか。

村雨広のわきに来た。

通り過ぎようとしたとき、目が合った。

「十年前のつづきを生きよう」

そう言った返事はまだ聞いていない。

月光院は強い視線で村雨を見た。

「お輝」

とは、胸の中で言った。口もそう動いたかもしれない。

「早く、月光院さま」

奥女中たちが何人かがかりで、月光院の手を引き、背中を押した。

月光院が通り過ぎ、遠ざかる。

だが、ふいに振り向いた。

月光院は自分の右手を頰に当てた。それはいかにも愛しいものを慈《いつく》しむしぐさだった。

右手は――。

さきほど村雨広がつかんだ手だった。柔らかく小さな手だった。

その感触はまだはっきりと、村雨広の左手に残っていた。

村雨はその左手を自分の頬に当てた。

月光院が静かにうなずき、そして、奥女中たちに押されながらふたたび歩き出した。

村雨広はその後ろ姿に向けてつぶやいていた。

「月光院さまのおんために」

# 終章　秘恋

「吉宗さま」

甘えた声がした。

「なんじゃ」

答えたのは野太い声である。

「村雨広が最初に動いたとき、大奥にも報せをお出しになりましたでしょう」

「うむ、出した」

「あれはまずかったです」

そう言いながら、絵島は打掛を落とした。花盛りの山が描かれた絢爛《けんらん》たる打掛が、春風のように静かに畳の上に広がった。

紀州藩主徳川吉宗と、大奥の年寄絵島の、秘密の出逢いだった。

「気づいたのか?」

と、吉宗は訊いた。

すでに着物を脱ぎ捨てている。分厚い筋肉を鎧《よろい》のようにまとった身体である。

「疑いは持ったと思います。あの男、相当に切れますから」

「まずいな」

「でも、まだ、わたしを疑うまではいっていないと思います」

言いながら、絵島は帯を解いた。

「もしかしたら、こたびの刺客の背後にいるのがわしだということにも気づいたかもしれぬぞ」

「そうでしょうか。わたしはまだ、井上さまを疑っているように思いますが」

「あれほどの刺客たちを井上ごときが扱えると思うか」

「ああ、それはたしかに……でも、疑ったとしても、吉宗さまをどうこうできるわけではありますまい」

と、絵島は微笑みながら言った。

「あやつ、あのとき斬り殺してしまえばよかった」

「だが、腕が立ちますでしょう。新当流とかいった流派の、流祖以来の遣い手だと、新井白石は自慢しておりました」

着物を放り、慌ただしく襦袢《じゅばん》の帯もほどいた。

絵島の豊満な身体が現われた。それは、吉宗がことのほか好む身体つきであった。

「ああ。だが、あのとき、わしは腹に板を入れていた。あやつ、わしの腹を刺そうとしていたが、刺していたら刃はそこで止まり、わしに斬られていた」

「そうでしたか」

「惜しかったのう」

そう言って、着物をすべて落とした絵島を引き寄せた。

「月光院さまの初恋の男ですよ」

「あれがか」

「もしかしたら、いまも想いつづけているやも知れませぬ」

絵島はそう言って、うっとりした顔をした。

「十年も経つのにか」

「十年くらいなんでしょう。あたしは十年後であっても、吉宗さまを想いつづけていると思います」

「それは嬉しいな」

「もっと強く抱いてくださいませ」

「絵島。そなたはかわいい女じゃ」

「嬉しゅうございます」

窓の外は桜の花が満開である。それが外からは目隠しのようになって、二人の秘密の恋を隠している。

「わたしは月光院さまのことは好きなのに」

「うむ」

「家継さまだってかわいいと思っているのに」

「そうだな」

「でも、吉宗さまのことを好きになりすぎて、こんなことになってしまいました。わたしの心は弱いものですね。吉宗さまがまた、ずるいお人だから」

「そうか、わしはずるいか」

真剣な調子で吉宗は訊いた。

「ずるいですよ」

「だが、ずるくなければ、本当に欲しいものが手に入らぬのさ。絵島のことも本当に欲しかったのじゃ。それにな、絵島、ずるさと弱さがいちばん強く結びつくのじゃ」

「ずるさと弱さ……吉宗さまのずるさとわたしの弱さ……ああ、ほんとにそうかもしれませんね」

絵島の顔が快楽にゆがみながら、大きくのけぞり始めていた。

# 後書き

小学校の一、二年生くらいで、いかにも仲良さげにしている男の子と女の子を見かけることがある。ほかの子もいるのに、そっちには目もくれず、ずっと二人で話している。笑顔が素晴らしく可愛らしい。純粋に気が合っているのだろう。楽しそうなだけでなく、周りの世界を見る目もやさしげである。

気が合ったまま、二人が成長し、やがて結婚にまで至るということも、まれではあるが、ないわけではない。じっさいわたしも、そんな例を一組だけ知っている。

これこそ最高の人生なのではないか。互いにたった一人の異性しか知らないわけだが、多くの異性を知る人生より、遥かに豊かな、実り多い人生になっているのではないか。

そんな思いを持ちながら、この物語を書き出したことを思い出した。

もう十年以上前の作品である。ありがたいことに、体裁を改め、もう一度、世に出してもらえることになった。作者にとって、こんな嬉しいことはない。

たぶん、この作品のあとに、二百作近い作品を書いている。そのため、中身のことはすっかり忘れてしまっていた。手を入れるため、読み返すと、

――こんなことを書いたのか。

と、びっくりさせられる。

近ごろ、わたしはアクションを書くのに、あまり熱心ではない。パッと抜いたら、パタリと倒れるみたいなアクションになってしまう。ほかに書きたいことが増えたというのもあるのだが、体力の衰えも関係しているのではないか。主人公を動かすのにも、体力がいるのである。

このころはまだ、思いがけないアクション、誰も書いていないチャンバラを書こうと、一生懸命、知恵を絞っていたらしい。

「面白いじゃないの」

と、ひとりごちたりしているのだから世話はない。

結末には自分でも驚いたが、二巻、三巻と思いがけない話が展開していくので、ぜひお読みいただけたら幸甚である。

ところで――。

この物語では、徳川吉宗は悪役として登場する。ところが、最近書き、いまもつづきを新聞連載している物語では、まったくの善人、名君として登場している。どちらも読んでくれている人は、なんていい加減な作家なんだと呆れることだろう。

わたしはしばしば、同じ人間を善悪両方の面で書き分ける。吉宗もそうだし、織田信長も上杉謙信も松平定信もしかりである。だが、人間というのはしょせんそんなものではないか。ある人にとっては、素晴らしくいい人が、別の人からしたらとんでもない悪人となる。歴史上の人物も同様で、どうかそのあたりのことは気分を害されず、物語そのものを楽しんでいただきたい。

なお、前回もこのたびも、編集部の佐々木登氏のお世話になった。お礼を申し上げる。

風野真知雄

本書は２０１１年10月実業之日本社文庫にて刊行された
『月の光のために　大奥同心・村雨広の純心』の新装版です。
再文庫化に際し、加筆修正を行いました。

## 実業之日本社文庫　好評既刊

風野真知雄
**葛飾北斎殺人事件**　歴史探偵・月村弘平の事件簿
天才絵師・葛飾北斎ゆかりの場所で相次いで死体が発見された。名画が謎を呼ぶ連続殺人の真相は!?　ご先祖が八丁堀同心の歴史探偵・月村弘平が解き明かす！
か１９

泉ゆたか
**猫まくら　眠り医者ぐっすり庵**
江戸のはずれにある長崎帰りの風変わりな医者と一匹の猫がいる養生所には、眠れない悩みを抱える人々が――心ほっこりの人情時代小説。（解説・細谷正充）
い１７１

泉ゆたか
**朝の茶柱　眠り医者ぐっすり庵**
今日はいいこと、きっとある――藍の伯父が営む茶問屋で眠気も覚める大騒動が!?　眠りと心に効く養生所〈ぐっすり庵〉の日々を描く、癒しの時代小説。
い１７２

宇江佐真理
**おはぐろとんぼ　江戸人情堀物語**
堀の水は、微かに潮の匂いがした――薬研堀、八丁堀、夢堀……江戸下町を舞台に、涙とため息の日々に訪れる小さな幸せを描く珠玉作。（解説・遠藤展子）
う２１

宇江佐真理
**酒田さ行ぐさげ　日本橋人情横丁**
この町で出会い、あの橋で別れる――お江戸日本橋に集う商人や武士たちの人間模様が心に深い余韻を残す、名手の傑作人情小説集。（解説・島内景二）
う２２

実業之日本社文庫　好評既刊

宇江佐真理
為吉　北町奉行所ものがたり

過ちを一度も犯したことのない人間はおらぬ――与力、同心、岡っ引きとその家族ら、奉行所に集う人間模様。名手が遺した感涙長編。（解説・山口恵以子）

う23

梶よう子
商い同心　千客万来事件帖

人情と算盤が事件を弾く――物の値段のお目付け役同心が金や物にまつわる事件を解決する新機軸の時代ミステリー！（解説・細谷正充）

か71

河治和香
どぜう屋助七

これぞ下町の味、江戸っ子の意地！　老舗「駒形どぜう」を舞台に描く笑いと涙の江戸グルメ小説。料理評論家・山本益博さんも舌鼓！（解説・末國善己）

か81

倉阪鬼一郎
開運わん市　新・人情料理わん屋

わん屋の常連たちは、新年に相応しい縁起物を揃えて開運市を開くことに。その最中、同様に縁起物を売る旅籠の噂を聞き覗いてみると……。江戸人情物語。

く411

倉阪鬼一郎
えん結び　新・人情料理わん屋

「わん屋」の姉妹店「えん屋」が見世びらきすることに。準備のさなか、里親探しの刷物を配る僧を見かけた易者は、妙なものを感じる。その正体とは……。

く412